中华先锋人物
故事汇

崔道植

中国神探

CUI DAOZHI
ZHONGGUO SHENTAN

冯锐　赵菱　著

党建读物出版社　接力出版社
Publishing House

版权合作：群众出版社

图书在版编目（CIP）数据

崔道植：中国神探 / 冯锐，赵菱著. —南宁：接力出版社；北京：党建读物出版社，2024.8
（中华人物故事汇. 中华先锋人物故事汇）
ISBN 978-7-5448-8505-8

Ⅰ.①崔… Ⅱ.①冯…②赵… Ⅲ.①传记小说－中国－当代 Ⅳ.①I247.5

中国国家版本馆CIP数据核字(2024)第059778号

崔道植——中国神探

冯锐　赵菱　著

责任编辑：商晶　宋国静
文字编辑：王晓童
责任校对：杨艳　刘会乔　杨少坤
装帧设计：严冬　　美术编辑：高春雷
出版发行：党建读物出版社　接力出版社
地　　址：北京市西城区西长安街80号东楼（邮编：100815）
　　　　　广西南宁市园湖南路9号（邮编：530022）
网　　址：http://www.djcb71.com　　http://www.jielibj.com
电　　话：010-65547970/7621
经　　销：新华书店
印　　刷：北京科信印刷有限公司
2024年8月第1版　　2024年8月第1次印刷
787毫米×1092毫米　32开本　4.375印张　64千字
印数：00 001—10 000册　　定价：22.00元

版权所有　侵权必究

质量服务承诺：如发现缺页、错页、倒装等印装质量问题，可直接联系本社调换。
服务电话：010-65545440

目 录

写给小读者的话 ·········· 1

八旬侦探获得"七一勋章" ······· 1

苦难填满了童年岁月 ········ 5

被阅读与书法滋养的男孩 ······· 13

人生中最重要的一天 ········ 21

第一次接触痕迹鉴定 ········ 27

用一把枪打了三千发子弹 ······· 35

指甲、齿痕能成为

　鉴定证据吗？ ········· 41

为生者权，为死者言 ········ 49

惊心动魄的博弈 · · · · · · · · · · · 55

神秘猎枪来自何方 · · · · · · · · · · 59

军大衣里的秘密 · · · · · · · · · · · 67

还原案发现场，用实验说话 · · · · · 73

"崔专家为人正直，
　技术高超" · · · · · · · · · · · · · · 83

每破一个案子，就年轻了一次 · · · 89

大侦探中的"科学家" · · · · · · · · · 95

总是缺席的爸爸 · · · · · · · · · · · 101

我逐渐成为你 · · · · · · · · · · · · 109

阳台上的向日葵 · · · · · · · · · · · 117

中国的刑警之魂 · · · · · · · · · · · 125

写给小读者的话

亲爱的小读者,你是不是对警察怎样破案有浓厚的兴趣?那么你了解破案过程中的现场勘查和物证鉴定环节吗?现场勘查就是找到作案人遗留的痕迹,有可能是一枚指纹,有可能是一个鞋印,还有可能是作案时留下的弹孔、砍痕。物证鉴定自然就是把这些收集起来的痕迹进行比对研究。

崔道植就是从事这项工作并做得很出色的人。你一定想知道崔道植是如何成为一名刑警,又是如何通过刑事鉴定帮助公安机关将一个个穷凶极恶的作案人缉拿归案的。

崔道植的人生的确充满了传奇色彩。

崔道植是一个从旧社会走出来的苦孩子,幼年时失去父母，在爷爷的悉心照料下长大。小时候爷爷就教他读书识字，正是幼时培养的良好习惯，让他在部队刻苦训练的同时不忘阅读。好书能指引人奋发向上，《明心宝鉴》让他懂得做人做事的道理，《钢铁是怎样炼成的》让他树立了崇高的志向，《可爱的中国》则让他更加热爱祖国。

一九五五年，崔道植从部队转业后被分配到黑龙江省公安厅，开始进行痕迹鉴定工作。当时，我们国家的刑事科学技术刚刚起步，困难重重，他只能从头开拓。崔道植拥有非同寻常的耐心和细心。为了比对一个痕迹，他可以连续几天几夜做实验；不会填写鉴定报告，也没人可以请教，他就自己研究。就这样在慢慢摸索的过程中，他逐渐找到了工作要领。

由于崔道植出色的工作表现，他参加公安工作不久便被上级组织派到公安部第一人民警察干部学校（现中国刑事警察学院），进一步学习痕迹鉴定理论知识。他除了课堂学习，还去图书馆借阅相关书籍勤奋苦读，这些都为他后来侦破大案、要案打下了坚实的基础。

崔道植要求自己对待每个案件、每个痕迹、每条线索，都做到一丝不苟。为了研究膛线痕迹的变化规律，他用一把枪打了三千发子弹，直到膛线模糊，不再具备痕迹鉴定的条件。可以这么说，没有他不熟悉的枪，没有他识别不了的子弹。二十世纪九十年代，涉枪暴力犯罪案件屡屡发生，在正义与邪恶的对决中，刑侦人员必须压制住刑事犯罪的嚣张气焰。崔道植参与侦破了诸多重特大涉枪案件，维护了社会的安定。

崔道植不仅屡破重案，还把实践中的经验整理成论文，或写进教材供更多的年轻警察学习。崔道植在科研方面也做出了很多贡献，他研发的刑事痕迹图像处理系统和枪弹痕迹自动识别系统填补了国内多项技术空白，为我国刑侦事业做出了突出贡献。

从旧中国衣食无着的农民子弟成长为新中国著名刑侦技术专家，崔道植对党和人民始终深怀感恩之心："只要我的脑子还好使，能走路，国家的调派安排，我一定服从；只要我的眼能看、腿能动，我就要为党的刑侦事业工作到最后一刻……"

八旬侦探获得"七一勋章"

二〇二一年六月二十九日上午,"七一勋章"颁授仪式在北京人民大会堂隆重举行。

"崔道植,著名刑侦技术专家,参与办理一千二百余起重特大案件疑难痕迹检验鉴定,无一差错,在本职岗位上攻坚克难,拼搏奉献,是新时代公安干警的楷模!"

随着颁奖词响起,一位满头银发、精神矍铄的老人,身穿警服,胸前佩戴党员徽章,在热烈的掌声中,迈着大步走上台来。他面带微笑,脊背挺得笔直,脚步稳健,浑身洋溢着热情和干劲。岁月在他脸上留下了痕迹,但他的眼神依旧清澈,眼睛里散发出睿智的光芒,让人无法相信他已经八十七岁了。

面对这份荣誉,崔道植表现得平和、谦逊:"党给了我这么高的荣誉,我确实很感动,也很激动。自己应该做的工作,却获得了这么高的荣誉,受之有愧。这是我生命中最幸福的一天。这枚沉甸甸的奖章不仅是颁发给我自己的,这份荣耀属于全国两百万公安民警,更是对公安队伍的褒奖和肯定。这份荣誉属于我们那个年代的橄榄绿,也属于今天这个时代的警察蓝。"

崔道植心底翻腾起激烈的浪花,眼前如同电影一般,闪过那些往昔岁月:在吉林省梅河口市一个叫三八石的村庄,度过童年时光;一九五一年入伍,在军营的阅读奠定了他一生的信仰;一九五五年从警,从此投身于痕迹鉴定工作,一台显微镜、一盏孤灯、无数难以辨别的现场痕迹,陪伴他至今。

从警六十多年中,崔道植检验鉴定痕迹物证超过七千件,无一差错,创造了传奇纪录,被称为中国警界重大疑难刑事案件痕迹鉴定的"定海神针",是全国政法系统唯一的"七一勋章"获得者。

在大家的眼中，崔道植是赫赫有名的"中国神探"，是从事刑侦科学技术工作的"科学家""发明家"，有着精益求精的工匠精神。

崔道植的人生充满了传奇色彩。

苦难填满了童年岁月

崔道植,朝鲜族,一九三四年六月生,吉林省梅河口市中和镇三八石村人。

梅河口市有一种特产叫梅河大米。这里雨热同期,水源丰富,是种植水稻的宝地,所以梅河口出产的大米品质上乘,煮出的米饭晶莹透亮、粒粒圆润,而且吃起来软硬适中,很受欢迎。但在崔道植的童年时代,想吃上这样的白米饭,无疑是一种奢望。

崔道植童年时,日本人在我国东北地区横行,扶植傀儡政权伪满洲国,并颁布了所谓的"米谷管理法",实行粮食配给制。他们不允许中国人吃大米和白面等甲类粮,谁要是拥有、食用这些细粮就属于经济犯罪,抓住就定罪严惩,因此绝大多数老百姓只能吃高粱米和杂和面儿。

在自己的国家、自己耕种的土地上居然有这样的规定,真是荒谬!崔道植一家人常常吃不饱,正在长身体的崔道植总感觉肚子空空的,肚皮饿得贴到脊梁骨的滋味太难受了!

崔道植的姐姐虽然只比他大两岁,却很疼爱他,呵护他,他也很依赖姐姐。有一天,姐姐从外面跑回来,头发都跑乱了,额头上汗津津的,脸蛋绯红,一双眼睛亮晶晶的。她一手紧紧捂着衣服上的口袋,一手招呼崔道植:"弟弟,快来!有好吃的给你!"

崔道植跑到姐姐身边,只见姐姐小心翼翼地从口袋里掏出一块烤得焦煳的锅巴,像宝贝一样捧到他面前笑着说:"弟弟,快吃锅巴!你闻闻,好香啊!"

"姐姐,哪里来的锅巴?"崔道植眼睛亮了,不禁咽了一下口水。

"你先吃吧,等会儿再告诉你。"姐姐神秘地笑着,把锅巴递到崔道植嘴边。

"不，姐姐，你吃！"虽然崔道植肚子很饿，焦煳的锅巴更是馋得他直咽口水，但他知道姐姐也很饿，他想让姐姐吃这块锅巴。

"你年纪小，你吃！这是姐姐特意给你带回来的。"姐姐继续把锅巴推让给他。原来，这块锅巴是姐姐从地主家铁锅里烧焦的剩饭中得到的，她如获至宝，舍不得吃，立刻跑回来拿给弟弟吃。

崔道植也舍不得吃，他和姐姐推让了半天。最后，两个人用小手捏着碎了的锅巴，你一点儿，我一点儿，用舌头舔到嘴里，津津有味地吃起来。锅巴干巴巴的，还有点苦，姐弟俩却吃得很香。生活虽然艰苦，但姐弟俩在相互关爱中，努力把每一天都过得快乐一些，甜美一些。

崔道植四岁时，爸爸不幸因病去世。当时他年纪太小，随着时光的流逝，渐渐记不清爸爸的模样了。在他六岁时，妈妈也离开了他，那一幕让他刻骨铭心。多年后，八十多岁的崔道植参加电视节目访谈时，主持人问道："您一直以来对公平、公正和真相，有一种极致的追求，这是为什么呢？"

崔道植说："这与我小时候的情况有关。"于是，崔道植讲述了当年在苞谷地里追寻妈妈的一幕。

那是苞谷生长的季节，一颗苞谷粒埋在泥土中，先是长成一株嫩嫩的小芽。接着，小芽像两只手掌一样朝天撑开，苞谷苗长起来了。渐渐地，小苗抽出翠绿的苞谷秆，一片片狭长、笔挺的叶子披挂下来。一排排苞谷苗并肩站立，宛如一队队植物士兵，绿意盈盈，威风凛凛。

苞谷苗长得茁壮时，空气中弥漫着苞谷叶特有的气味：一股青涩味儿，还夹杂着类似梨子的清甜。微风吹过，苞谷地里荡漾起一圈圈淡绿的旋涡，与蓝天交相辉映。

苞谷苗抽穗开花、结出苞谷棒的情景，实在是一幅迷人的大地画卷。然而，对于六岁的崔道植来说，那是他难以忘却的痛楚记忆。一天，崔道植午睡醒来，听到外面的蝉在树上不知疲倦地叫着。按照往常的习惯，崔道植起床后就开始喊："妈妈，妈妈！"可是，家里没有人回应，妈妈去哪里了呢？

崔道植找遍了家里的每一个房间，到处喊着

"妈妈",都没有听到妈妈的应答。这时,他向外面一看,苞谷地里好像有个人影在晃荡。崔道植穿上鞋就往苞谷地里跑,一边跑一边喊:"妈妈!妈妈!"

苞谷长得又高又密,粗粝的苞谷叶子划在崔道植的脸上、手上,火辣辣地疼,他顾不得疼,一心想追上妈妈。崔道植跑得心急,一不小心就被绊倒了,摔在苞谷地里。苞谷叶子哗哗地响起来,一双温暖的手把崔道植扶了起来。妈妈对他说:"你先回去,我出去一趟,一会儿就回来。听话,啊,你回去吧!"妈妈眼里含着泪水,抚摸着崔道植的脸,似乎想把他的面容刻在心里。然后,妈妈站起身来,继续向苞谷地深处走去,她穿过苞谷地,走向了一个未知的地方。

崔道植哭了,在苞谷地里大声地喊着"妈妈",可是,妈妈的脚步声却随着苞谷叶子的哗哗声渐渐远去,直至消失。"妈妈说一会儿就回来,但是我等了那么长时间,她都没回来,这是为什么?"八十多岁的崔道植讲起困扰了他很多年的疑惑,声音哽咽了,眼泪夺眶而出。他拿出纸巾,默默地擦

10　中华先锋人物故事汇　崔道植

去泪水。

那一刻，这位赫赫有名的刑侦专家，仿佛又变回了那个六岁的小男孩。他乘着时光列车返回过去，在苞谷地里追赶妈妈，不顾疼痛，不顾艰难，想用全部的努力留住妈妈。主持人眼中也闪着泪光："那是您没有得到答案的事情，因此您一辈子都在寻找事情的真相？"

"是的。我已经八十八岁了，现在想通了。母亲那时可能是想出去赚些钱来养活我。"当年那个无助哭泣的小男孩早已成为著名的刑侦专家，崔道植无数次回想起在苞谷地里追寻妈妈的情景，像分析案发现场一样，一次次分析妈妈为什么会失踪。

从妈妈走去的方向，崔道植推测出，妈妈当时是想去长春打工养家；从妈妈在苞谷地里进出多次，他推测出妈妈舍不得离开这个家，舍不得和孩子分离。但为了生计，她不得不含泪把儿子留在家里，独自离开。

可是，妈妈离开家后到底去了哪里？后来有着什么样的生活？她为什么像一滴水汇入大海一样，从此消失不见了呢？每当想起这些问题，崔道植就感到一阵锥心的痛楚。兵荒马乱的年月，妈妈的失踪成了永久的谜，也成了崔道植心中永远的痛。

这件事对崔道植产生了重大影响，让他在后来的办案过程中，一丝不苟，竭尽全力。不管案件多么复杂、棘手，只要有一丝希望，他都会付出百分之百的努力，牢牢抓住蛛丝马迹把案件侦破。因为崔道植知道，亲人失踪多么可怕，找不到答案多么让人心碎，当一个案件成为悬案时，当事人心中会有多么痛苦。所以，他在办案过程中，永远兢兢业业，仔细对待每一条线索，分析所有的可能，不放过丝毫可疑之处。极度专注，追求极致，是崔道植成为著名刑侦专家的重要原因。

被阅读与书法滋养的男孩

漫山遍野的耧斗菜长起来了,开出火红、雪白、淡紫色的花朵,一朵朵花热烈、明艳。

崔道植跟着爷爷在院子里读《千字文》。"天地玄黄,宇宙洪荒。日月盈昃,辰宿列张。寒来暑往,秋收冬藏。闰余成岁,律吕调阳……"爷爷读一句,崔道植跟着学一句。

爷爷是一位有学识的老人,深知读书对一个孩子的重要性。从崔道植刚记事起,爷爷就开始教他读《千字文》,一字一句详细讲解给他听。那时常常吃不饱肚子,更没什么闲钱买零食,爷爷却用仅有的一点儿钱买来笔、墨和纸,教崔道植练习书法。

"我小时候,爷爷先让我学《千字文》,后来又让我练书法,把整本《明心宝鉴》都给抄下来了。"多年后,崔道植在采访中提到《明心宝鉴》时还说,"子曰:'为善者,天报之以福;为不善者,天报之以祸。'《继善篇》的第一句话我还记得。"

《明心宝鉴》是爷爷很珍惜的一本书,这本书把劝善劝学、做人做事的道理讲得深入浅出,简单明了。人活一世,要面对和经历的事情太多了,爷爷希望崔道植能从小树立修身养德的意识,从忠、信、礼、义、廉、耻、孝、悌等方面严格要求自己。

崔道植没有辜负爷爷的期待,在《继善篇》中,他学会了"行善之人,如春园之草,不见其长而日有所增;行恶之人,如磨刀之石,不见其损而日有所亏"。人要一心向善做好事,也许短时间内看不见有什么回报,但是日积月累就会有收获。同样,做了坏事终究会受到惩罚。

在《安分篇》中,崔道植学会了人要做芝兰一般品德高尚的君子,修身养性,提高思想道德素质,不因为穷困而改变节操。

……

不过,小孩子都贪玩,常常有坐不住的时候。

在当地,有一种有趣的食虫植物叫茅膏菜。圆叶茅膏菜的叶子呈放射状向四处散开,叶片上生有两百多根腺毛,这些腺毛有的长,有的短,而且是叶片中间的短,四周的长,就像一个小圆兜。腺毛的顶端大有玄机,每根腺毛的顶端都有一个粉红色的小球,仔细一看,小球上分泌着亮晶晶的黏液,好像一颗颗晶莹的粉红色露珠。

这些"露珠"不但看起来鲜艳动人,凑上去闻一闻,还散发着一股香甜的气息。原来,这是茅膏菜的"捕虫器",专门用艳丽的色彩和甜蜜的气息来吸引昆虫,只要昆虫一靠近,就会被腺毛吸到"小圆兜"里,消化分解掉,茅膏菜就能获得更多营养,长得更加茁壮。

这种会捕食昆虫的茅膏菜多好玩啊!更何况,田野里还有蟋蟀拉琴,纺织娘低吟,蝉在高高的枝头纵情歌唱。这一切都让年幼的崔道植心里痒痒的,有时写着字就分了神,一心想出去玩,手中的毛笔也开始不听话了，东一笔，西一笔，写得很不认真。

爷爷过来检查书法作业了，崔道植顿时忐忑起来，心怦怦直跳。爷爷看到崔道植写的字马马虎虎，很不端正，脸色顿时像打了霜一样阴沉。"把手伸出来！"爷爷的声音非常严厉。

崔道植低着头，心怦怦快速跳着，乖乖把手伸出来。爷爷把自己的手当戒尺，狠狠打了他的手心几下。爷爷平时对姐弟俩非常疼爱，都舍不得动他们一根头发丝，看到崔道植不好好写字却发了火："不管做什么事，都要认真刻苦，一丝不苟！好好读书，才能改变命运！"这是爷爷的"手戒尺"给崔道植的告诫。

提起命运，引出了崔道植的一段伤心往事。当时，日本人不允许老百姓吃自己辛苦种出来的大米，通通都要上缴。有一年秋天，稻谷成熟了，爷爷看着两个饿得面黄肌瘦的孩子，实在心疼，于是悄悄留下了两袋大米，费尽心思藏在菜窖里。

到了深夜，爷爷轻手轻脚取出一些大米，在天亮前煮好，又赶紧关闭门窗，生怕米饭的香味飘到外面去,被人发觉。

"孩子们,快起床,有好吃的!"爷爷轻声喊姐姐和崔道植。

两个孩子迷迷糊糊睁开眼睛问:"爷爷,有什么好吃的?"

"你们看!"爷爷端来两碗白米饭。

"啊,白米饭!"两个孩子不禁欢呼一声。

"快别作声!被人听到了可不得了!"爷爷赶紧制止他们,让他们不要说话。

崔道植和姐姐低下头大口大口吃着白米饭。白米饭又松又软,香甜极了!姐弟俩觉得这是世界上最好吃的东西。

吃了几口,姐弟俩仿佛想到了什么,立刻把碗送到爷爷面前说:"爷爷,你吃!"

"爷爷不饿,你们吃!"爷爷连连摆手。

他们一连吃了三天白米饭,姐弟俩感觉幸福极了。崔道植问爷爷:"爷爷,我们能天天吃白米饭吗?"

"嘘,小声点!吃白米饭可不能对外人讲,万一被日本人知道了,那就麻烦了!"爷爷轻声说。

没想到,灾祸很快降临了。日本人抓走了爷爷,把大米也带走了。姐弟俩心惊胆战,三天后终于盼到爷爷回来了。可是,爷爷被打得遍体鳞伤,鲜血染红了他的衣服。姐弟俩一人拉着爷爷一只手,伤心地哭了起来。

"别哭,爷爷没事。"尽管受了伤,爷爷的脊梁还是挺得笔直,"让我的孩子们吃了几天白米饭,受伤也值得!"

这件事让崔道植不解、痛苦,他不明白为什么爷爷辛辛苦苦种出来的粮食却不能吃,还要遭受日本人的毒打。爷爷告诉他,书里有答案,多读书,等他长大了,就会明白现在想不通的事情,改变现在这种屈辱的生活。崔道植牢牢记住了爷爷的话,正是爷爷的教诲,让他学到了种种宝贵的精神品质。

在一次节目访谈中,崔道植回忆道:"我十岁时拿着镰刀去割草,这片草地是地主家管的,他家里的男孩看到我在那边割草,二话没说把背夹子扔了,过来抢我的镰刀,割伤了我的手,现在手上还留了条疤痕。当时虽然岁数小,但是心里老有一个疑问——怎么能这样呢?这就是后来所说的不公平吧。"

抗战胜利以后,日本人投降了,与日本人勾结的地主也逃走了,崔道植的家乡发生了翻天覆地的变化。崔道植有了香喷喷的白米饭吃,走进了书声琅琅的教室,深深感受到了做人的尊严。崔道植格外珍惜来之不易的学习机会,成了同学中学习最刻苦的人。

人生中最重要的一天

崔道植渐渐长大了，他容貌清秀，身材挺拔，像一根不断向上拔节的修竹。在家里，他能帮爷爷做许多事了。

十二岁那年，崔道植成为儿童团团长，他手握红缨枪，双目有神，英姿飒爽。爷爷对他的谆谆教诲、从阅读与书法练习中获得的宝贵精神财富，显现在崔道植身上，他明亮的双眸中透出沉静与智慧的光芒。

十七岁那年，崔道植加入了中国人民志愿军，走到了军营中。参军是崔道植一直以来的梦想，现在终于实现了，他非常高兴。崔道植把读书时的认真、刻苦同样用在训练上，特别有耐力，特别能吃苦，从不喊苦喊累。

崔道植的努力被大家看在眼里。有一天，丁排长把崔道植喊过去，他以为自己有什么地方做得不好，站在那里有点局促不安。没想到，丁排长望着他和蔼地说："我看你没有衬衣穿，这样吧，我这里有一条床单，你拿到缝衣厂去做一件衬衣穿。"说完，丁排长拿出一条洗得干干净净、叠得整整齐齐的棉布床单，轻轻送到崔道植手中。

崔道植接过床单，心中顿时涌起一股暖流。后来他才知道，这是丁排长唯一的一条床单。给了崔道植后，丁排长晚上就在硬床板上将就着睡。这份珍贵的礼物让崔道植感受到军营中的温情，直到多年后，他提起这条棉布床单，眼中还闪烁着泪光，感动地说："这份恩情非常珍贵，永远忘不了。"

崔道植在部队里也没有停止阅读，尤其是老班长送给他的两本书，对他影响很大。一本是《钢铁是怎样炼成的》，一本是方志敏的手抄本《可爱的中国》。除了训练，崔道植都沉浸在阅读中，他在书里发现了一个广阔的世界，汲取到强大的精神力量。

《钢铁是怎样炼成的》主人公保尔·柯察金对革命事业的追求，对年轻的崔道植产生了很大影响。从保尔·柯察金的故事中崔道植感悟到，一个人只有把自己的追求和祖国、人民的利益联系在一起，才会创造出奇迹，成长为钢铁战士。

《可爱的中国》对崔道植的影响更大，他读了很多遍，在接受采访时多次提到过这本书，书中精确的描写和强烈的感情，使他受到了震撼。

方志敏在《可爱的中国》中描述了中国之美："至于说到中国天然风景的美丽，我可以说，不但是雄巍的峨嵋，妩媚的西湖，幽雅的雁荡，与夫'秀丽甲天下'的桂林山水，可以傲睨一世，令人称羡；其实中国是无地不美，到处皆景，自城市以至乡村，一山一水，一丘一壑，只要稍加修饰和培植，都可以成流连难舍的胜景；这好像我们的母亲，她是一个天姿玉质的美人，她的身体的每一部分，都有令人爱慕之美……"

这本书激起了崔道植对祖国的热爱之情，他感觉中国是那样美，那样可爱，每一个中国人都应该全心去维护祖国，使她永葆美丽和青春。从那时起，崔道植立志，不论有多少困难也要保卫祖国。

一九五三年十二月二十六日是崔道植人生中最重要的一天。这一天，崔道植获批入党，成为一名共产党员。他心潮澎湃，无比激动，全身都洋溢着温暖和幸福，仿佛孩子回到了母亲的怀抱一般。加入党组织，对崔道植来说有着非同一般的意义。

"我四岁没了父亲，六岁没了母亲，是党解放了我，养育了我，教育了我，培养了我。可以这么说，我的生命、我的一切都是党给的。"崔道植说，"我们党靠艰苦奋斗起家，我们这一代人是吃苦牺牲长大的，从我参加志愿军后入党的那个时候起，我就告诉自己永远听党的话，跟党走，这也成了我一生的精神支柱和工作动力。"崔道植的话很朴实，也很深情。

崔道植在接受媒体采访时，谈起入党的那一天依然难掩激动，他说："我想要报恩，想把全部的时间和精力都给我的党和国家。现在的年轻人可能不容易理解，但这是一句实在话、心里话。我是从旧社会走过来的穷孩子，很小就成了孤儿。当时在人们的认知里，孤儿就是没人管了，更别想去读书、受教育，而我小学、中学念书的学费都是政府资助的，后来学习痕迹检验也是在单位的支持下才有机会，这个机会改变了我的一生。"

在入党申请书上，青年崔道植是这样写的："我热爱自己的工作岗位，上级给我的一切工作，我都是热爱的，因为这是人民给我的……"崔道植是这样说的，也是这样做的。

第一次接触痕迹鉴定

一九五五年，一个面容清秀、意气风发的年轻人迈进了黑龙江省公安厅的大门。他浑身散发着逼人的英气，腰杆挺得笔直，一看就是在军队里淬炼过的。

这位青年就是崔道植，他从所在部队转业，被分配到黑龙江省公安厅，成为中国第一代刑事技术警察，也是当时黑龙江省公安厅唯一的刑侦技术人员。从此，崔道植见证了中国刑事科学技术从无到有的发展历程。

在黑龙江省公安厅，崔道植第一次做的痕迹鉴定，是鉴定一根电话线到底是被什么工具剪断的。当时，警方已经认定是被钳子剪断的。

崔道植拿到这根电话线，发现断面很光滑，不过，无法用肉眼看出断面上的线条。于是，崔道植把电话线的断面放到显微镜下，他看到断面上有一道道细小的纹路，比头发丝还要细。

这不像是钳子剪断的。崔道植若有所思，认为它是用普通剪刀剪断的。崔道植立刻把自己的意见汇报上去，侦查人员去嫌疑人家中搜查，果然搜出了一把剪刀。但是，电话线到底是不是被这把剪刀剪断的，还需要崔道植进一步鉴定。

一根电话线，怎么看出到底是用什么工具剪断的呢？要做出准确判断不是一件容易的事。崔道植刚刚开始做痕迹鉴定，一切都在摸索之中，每一步都要摸着石头过河，反复思考，再一步步试着去做。

为了确定电话线断面上的痕迹，崔道植想办法找了一些铅片，用嫌疑人家中搜出的那把剪刀把铅片剪成一片一片的，然后把铅片上的痕迹和电话线断面上的痕迹反复对比。但是，痕迹太细小了，每次对比都要花费很多心血和精力。

崔道植把铅片一次次剪下来，一次次对比两种

第一次接触痕迹鉴定

痕迹的区别，确认线条的粗细、高低、间隔是否一致。当对比出相似的细节时，崔道植再把这两种痕迹放到显微镜下仔细查看，看它们之间的细节是不是完全一致。

第一次做痕迹鉴定，崔道植意识到，这个工作很枯燥、艰辛。一根小小的电话线，崔道植足足用了五天的时间，剪了无数次铅片，进行了无数次对比，直到两种痕迹之间的相似处越来越多，细节越来越一致，崔道植才坚定了自己最初的判断，最后得出鉴定意见：这根电话线就是用嫌疑人家里搜到的那把剪刀剪断的。

但崔道植没想到，第一次填写痕迹鉴定书时就遇到了挑战。当时需要填写几页痕迹鉴定书，这让只有初中文化水平的他无从下手，他双手汗津津的，额头上也冒出了汗。更难的是，当时黑龙江省公安厅里只有崔道植一个人是做痕迹鉴定的，没有前辈可以请教，也没有同事可以交流，一切都只能靠自己钻研。他反复思考，反复修改鉴定书的草稿，几易其稿后，终于填好了痕迹鉴定书，并郑重地签上了自己的名字。

在签上"崔道植"这三个字的时候，他感受到了沉甸甸的责任。让他高兴的是，这次鉴定对案件侦破有着极大的帮助，正是因为证据确凿，嫌疑人才哑口无言，俯首认罪。

看到痕迹鉴定对案件侦破有这么大的作用，崔道植心里升起一种成就感，这也激发了他对这项工作的热爱。同时，他也意识到了学习的重要性，想做好痕迹鉴定，太不容易了！有许多新的知识要学习，只有具备了丰富的知识储备，才能在以后的工作中得心应手。

从用剪刀剪铅片做实验开始，已经能看出崔道植的专业素养：他拥有非同寻常的耐心和细心，而且很有天赋。从此，年轻的崔道植全身心投入到痕迹鉴定工作中，他怀抱着回报祖国恩情的想法，凭着一腔热血、忠诚和一股不服输的精神，开始了艰苦的探索和实践。

崔道植最早去案发现场勘查的时候，包里面放着一个放大镜，还有一个笔记本。他举着放大镜，仔细观察案发现场的所有痕迹，再用笔记录下来。很多时候，为了一个细节，崔道植在放大镜下一看就是几个小时。他珍惜每一次现场勘查的机会，有时现场散发着难以忍受的恶臭，有毒气体能把人熏倒。不论现场环境多么恶劣，崔道植都要对现场遗留的所有痕迹进行勘验，从中提取有鉴定价值的痕迹并检验，做出鉴定结论，出具鉴定书，为诉讼提供证据。于是，人们经常可以看到一个年轻人奔波忙碌的身影。

没有实验室，崔道植就选择在家里做；没有零件，他就自己制作；没有可参照的样本，他就自己搜集；专业知识不够，他就买书自学。崔道植心无旁骛，如饥似渴地学习刑事科学技术及与之相关的医学、数学和逻辑学等方面的知识，不断提高自己的文化知识水平，并在实践中不断磨炼自己。

一九五七年至一九五九年，由于工作出色，崔道植被上级组织安排到公安部第一人民警察干部学校学习。

崔道植抓住一切时间努力学习。除了课堂学习，他还到图书馆借了很多专业书来看。白天他全神贯注听课，记下了一本本厚厚的笔记。吃过晚饭，他就在宿舍看书，边看边琢磨，记录下有价值的知识点，再反复思考。

一旦进入阅读和学习状态，崔道植就沉浸其中，直到宿舍一片漆黑，他才抬起头来。原来，宿舍里熄灯了。可是，崔道植正看得入迷，舍不得放下书本休息。

于是，崔道植抱着书和笔记本走出宿舍，到处寻找有灯光的地方。一间间宿舍都是漆黑的，大家都进入了睡梦中。崔道植不甘心，仍在校园里继续寻找。走着走着，他眼前一亮，看到前面有一个房间仍亮着灯。崔道植心中一喜，连忙向那个房间走去。

从房间里飘来一股酸菜炖粉条的味道，还有清洗餐具的哗哗水流声。原来，这里是学校的食堂。崔道植走进食堂，借着昏黄的灯光，又全身心投入到学习中，直到校园里最后一盏灯熄灭。

那个年代，我们国家的刑事科学技术刚刚起步，比较落后，几乎是一穷二白，困难重重。崔道植从头开拓，在从未有人做过的领域内做出了巨大的贡献，填补了一项项痕迹鉴定空白。

用一把枪打了三千发子弹

刑侦痕迹检验包括手、足、工、枪、特等痕迹，意思是其中包含手印、足迹、工具痕迹、枪弹痕迹、其他特殊痕迹等。在侦破工作中，现场勘查是最基础、最关键的环节，痕迹的差别往往在毫厘之间。做痕迹鉴定，需要超乎寻常的坚定意志和严谨态度，而鉴定子弹痕迹更是一件很不容易的事。

崔道植知道，这个领域没有捷径，只能踏踏实实，一步一个脚印地走下去。他的工作秘诀就是两个词：专注、敬业。

二十世纪七十年代，哈尔滨铁路局保卫处有一名民警丢失了一把手枪，焦急万分。过了不久，发生了一起案件。一名民警在工作时，突然遭遇袭击，不慎被人持枪打伤。随后，作案人员带着枪仓皇逃走了。由于事发突然，受伤民警没有注意到作案人的体貌特征，无法提供更多有价值的线索。

崔道植来到现场后，把遗留在现场的弹头带回去研究。这时，他灵光一闪：犯罪嫌疑人作案用的枪，会不会是民警丢失的那把呢？但枪已经丢失了，不能做枪弹痕迹样本，无法进行对比。

崔道植想了一会儿，问："这把手枪在丢失之前，有没有在哪儿打过？"很快，从丢失手枪的民警那儿传来了回音，他说在自己家的菜窖里打过。

"太好了，赶紧挖那个菜窖！"崔道植眼前一亮。大家立刻去挖，一共在菜窖里挖出了十二枚弹头。

弹头送到崔道植那儿，他立刻把所有弹头放在显微镜下，一个一个地仔细观察、比较，再把这些弹头和案件现场的弹头做对比。经过认真细致的对比后，崔道植得出结论："犯罪嫌疑人就是拿民警丢失的枪作案的！"然而，崔道植的鉴定结论被公安部当时的办案专家否定了，专家认为从送检的样本来看，应该不是同一把手枪。

崔道植心中一震，难道自己分析错了？他立刻开始重新鉴定，他用一款同样型号的手枪，花了十六天时间，反复做射击实验。每射击一枚子弹，他就用照相机拍摄子弹上的痕迹，找出规律。

最后，崔道植确定自己的结论是对的："我认为作案工具就是民警丢失的手枪！"恰好，在崔道植第二次出具鉴定结论的次日，犯罪嫌疑人被抓获，警方缴获了作案手枪，果然是民警丢失的那把！

崔道植要求自己对待每个案件、每个痕迹、每条线索，都做到一丝不苟，所以特别注重日常的积累。"公安机关掌握的枪支，自从开始痕迹检验工作以来，我一把枪一把枪去试，只要有子弹我都打，打完我都留样本。"崔道植在一次电视访谈中说。子弹在发射过程中形成的痕迹，崔道植都会认真地记录，整理成档案。

一把手枪的膛线如果磨损严重，射出的弹壳、弹头上留下的痕迹也会有细微的不同。为了弄清楚其中的关系，崔道植决定采取他认为的"笨方法"：一发发射出子弹，然后一发发照相，逐一比对。"一把枪打到三千发子弹，这个遗留痕迹就基本上达不到正常的弹痕鉴定要求了。"崔道植说，"我一个一个照相，第一发到第一百发，我对比看看，能不能对上，一直对到第三千发。当时没有什么自动识别系统，就是纯人工。"他积累了一箱箱弹壳，整整齐齐，满满当当，令人惊叹。

从无数次观察、分析中，崔道植练成了辨别比头发丝还细很多的弹壳痕迹的本事。一个个案件，一回回挑战，一次次积累，练就了崔道植的"火眼金睛"，也丰富了他的枪弹痕迹检验经验。二十世纪八十年代，崔道植围绕枪弹痕迹检验先后撰写了《根据7.62mm手枪射击弹壳痕迹判断射击枪种的探讨》《64式手枪指示杆痕与59式手枪抛壳挺痕位移的研究》《枪弹底座痕迹拍照规范》《侦破涉枪案件的最有效办法——建立枪弹痕迹样本档案》《根据射击弹壳与射击物确定手枪射击位置范围》等论文，被收入公安部的枪弹痕迹档案管理教材、枪弹痕迹检验技术教材等。

"他能让疑难物证拨云见日，让悬案、积案起死回生!"公安部的同行钦佩地说。每当有大案、要案或棘手问题难以突破时,办案人员立刻就会想起,要请崔道植来。

指甲、齿痕能成为鉴定证据吗?

在一个特殊案件发生之前,没有人想过,指甲、齿痕等痕迹,也能成为特殊的个人痕迹,成为证据。

一九八一年的一个夜里,黑龙江省牡丹江市某地突然传来一声惨叫,叫声划破夜空,撕碎了黑夜。接到报警后,警方迅速赶到现场,发现一起命案。

案发现场一片凌乱,可以看出受害人和凶手进行过激烈的搏斗。凶手非常凶残,下手狠毒。受害人腹部遭受致命创伤,伤口极深。警方初步推断,这是一起仇杀案件。

于是,警方开始调查受害人的所有社会关系,包括亲戚、同学、朋友、邻居等，逐一进行排查。蹊跷的是，没有发现任何蛛丝马迹，这就让案件侦破陷入了僵局。凶手到底是谁？是熟人还是陌生人？是仇杀还是见财起意？不过，受害人身上的财物没被抢走，也没发现受害人和谁有深仇大恨。

这个案件疑点重重，让办案人员摸不到头绪，在一段时间内都没有突破。实在没有办法了，办案人员提议："请崔道植来帮忙吧！"

于是，他们就把崔道植请到了牡丹江市。崔道植勘查了案发现场，仔细研究所有物证，观察每一个细节，不放过任何一个疑点。

"这是从哪里发现的？"忽然，崔道植看到一个半透明的东西，像是人的指甲。

"从受害人的伤口里发现的。"法医说，"我推测，应该是凶手和受害人搏斗时用力过猛，导致指甲断裂，留在了受害人的伤口里。"

当时，我国还没有DNA鉴定技术，指甲鉴定技术在我国刑事科学技术领域还是空白，谁也不知道这枚残缺的指甲能不能成为证据。但崔道植灵光一闪，他觉得这是一个突破口，也许从这枚指甲中能发现凶手的踪迹！

崔道植立刻展开研究。不过，这件事从来没有人做过，应该从哪里着手呢？崔道植经过一番思考后，决定请黑龙江省警校四个班的两百名学生帮忙，请他们每隔二十天剪一次指甲并收集起来，他要做一项关于指甲的鉴定实验。学生们都感到很奇怪，从来没有听过用指甲做实验的，这到底是什么古怪的实验？

在显微镜下，崔道植观察到每一枚指甲最前端的部分都有很多根竖线。每枚指甲有一百二十根到一百三十根竖线，而且，每一根竖线的粗细、竖线与竖线之间的间隙都不一样，就像世界上没有完全相同的两片树叶一样。

崔道植为这个发现感到振奋，他又仔细观察，发现这些竖线的排列组合也因人而异，没有一个组合是相同的，这就说明，指甲的价值和指纹是一样的，都具有独特性、唯一性，可以作为鉴定证据。

为了进一步验证自己的实验成果，崔道植请一位同事剪下指甲。过了一段时间，再请他剪一枚新的指甲，然后把新旧两枚指甲在显微镜下进行比对，结果发现指甲上的线条、间隙等完全一致。

"马上请办案人员把所有犯罪嫌疑人的指甲剪下来。"崔道植说。很快，所有犯罪嫌疑人的指甲都被剪了下来，送到崔道植那里。

崔道植全神贯注地在显微镜下，把一枚枚指甲与受害人伤口残留的那枚做比对。这枚不是，线条完全不吻合；另一枚也不是，线条之间的间隙不同；还有一枚，也不对，线条的粗细差别很大……

崔道植看了一枚又一枚，腰酸了，眼睛涩了，仍没有发现和那枚指甲相吻合的指甲。难道这个鉴定方向不对？崔道植脑海中刚闪过这个念头，立刻又被他驱逐出去。他之前做过那么多次实验，相信从指甲鉴定中一定能抓住罪犯的"尾巴"。于是，崔道植振作精神，又继续比对指甲痕迹。

忽然，一枚指甲让他不由得睁大了眼睛。这枚指甲的竖线线条、竖线与竖线之间的间隙、竖线的排列组合等，都与那枚在受害人伤口中发现的指甲一致。

"就是他！"崔道植心跳加快，不禁脱口而出。他当即出具了鉴定书，对办案人员说："你们快去抓他吧，肯定是他！"果然，这个犯罪嫌疑人在确凿的证据面前，脸色大变，很快就供述了犯罪经过。

自此，崔道植研究的"指甲同一认定"成果，填补了我国刑事科学技术领域的一项空白。同样，根据牙齿咬痕侦破案件也是崔道植的首创。

在黑龙江省哈尔滨市的一起案件中，作案人丧心病狂，把受害人杀害后，还在受害人脸部留下了咬痕。由于缺乏关键证据，这个案件很难侦破，犯罪嫌疑人非常狡猾，死不承认，是一个很难对付的家伙。

想起犯罪嫌疑人的滔天罪行，崔道植怒不可遏，他决心尽快找出证据，让犯罪嫌疑人无从抵赖。

人的牙齿有切牙、尖牙、磨牙，每个人的牙弓、牙齿形态、牙齿排列间距等都不同，所以产生的咬痕也不同。哈尔滨市公安局技术人员提取了受害人脸上的咬痕，交给崔道植，他立刻就投入到研究中。

这不是一件简单的事，研究犯罪嫌疑人的牙

46　中华先锋人物故事汇　崔道植

弓、牙齿形态和牙齿排列间距等特征，足足用了崔道植七天七夜的时间。最后，他得出了鉴定结论，为认定犯罪嫌疑人提供了可靠依据。

在崔道植确凿的鉴定证据面前，犯罪嫌疑人显露出无法掩饰的慌乱，最终，他紧闭的嘴巴被撬开了，如实供述了犯罪过程。

这是全国罕见的根据牙齿咬痕直接认定作案人的案例。后来，崔道植把自己在牙齿鉴定中积累的经验，画成生动的图片，给学生们讲解如何做牙痕检验。学生们听得很专注，被崔老师生动细致的讲解深深打动了，他们知道，只有无数次的实战经验积累，才能讲出这么鲜活的课。

为生者权，为死者言

在一次发言中，崔道植谈起现场勘查工作的学习和实践，深有感触地说："在长期的现场勘查实践中，我越发感受到，科学技术诞生于实践，又反哺实践，这是一个螺旋上升的过程。实践永远没有止境，公安科学技术的发展、创新也没有止境……要认真对待每一起案件，认真勘查每一个现场，真正做到为生者权，为死者言。"崔道植的话掷地有声。

一九八三年，新年伊始，黑龙江省绥棱县发生一起案件，三人死亡，巨额现金被抢。其中，两人是被枪杀，一人是被利刃杀死，通向院外的足迹有两行，都朝着同一方向。那么，行凶作案的是几个人呢？警方对此展开调查。根据作案的两种凶器，以及现场遗留的两行脚印，当地公安局办案人员认为是两个人作案。

崔道植到达案发现场后，蹲在地上，对两行脚印进行细致勘查。经过精准测算，崔道植发现，这两行脚印的外展幅度完全一致，蹬痕有力，而且着力点均在脚掌前部，跟部很轻。两行脚印的痕迹和着力点大致相同，只是其中一行脚印比另一行的长一点儿。于是，崔道植认定，这两行脚印是同一个人留下来的。

接着，崔道植仔细勘查了案发现场的墙壁，在墙壁上发现了一处被利刃砍过的痕迹，他立刻提取保存。

最后，崔道植又检验了现场提取的三枚弹壳。经过鉴定，他认为这三枚弹壳是由一把五一式手枪发射出来的。

根据崔道植的鉴定结论，侦查范围缩小到当地经济警察队的十二支枪上。崔道植对这十二支枪进行仔细检验，发现其中唯一的一支五一式手枪很奇怪，它的套筒、枪座属于五一式手枪，但枪管却属于五四式手枪，而且枪管与弹膛处曾被工具破坏过，这是怎么回事呢？

带着疑惑，崔道植继续对其余枪支进行检验，结果，在一支五四式手枪上找到了五一式手枪的枪管。崔道植把两支枪管互相调换装配，恰好吻合。这也许是犯罪嫌疑人玩的花招，故意迷惑办案人员的！不过，在崔道植的"火眼金睛"面前，这个点子就太小儿科了。

办案人员根据崔道植的检验，立刻锁定该单位一名佩带五一式手枪的值勤人员，把他作为重点嫌疑对象进行侦查。果然，在他家的碗柜中搜出了一把无柄斧头。这把无柄斧头是不是凶器之一呢？为了判断痕迹，崔道植拿起斧头，反复在墙壁上挥砍，然后把取得的实验样本与案发现场墙壁上的砍痕进行对比。

经过无数次实验，崔道植发现，他用这把斧头挥砍的线条和案发现场的线条之间有七条粗细、间距不等的凸凹线条吻合。于是，他下了结论：这把斧头就是作案工具之一！

在确凿的证据面前，犯罪嫌疑人低下了头，供述了全部经过。从脚印到枪支，再到用斧头挥砍，作案过程和崔道植的判断完全一致，参与案件侦破的所有人都对崔道植深感敬佩，赞叹不已。

一九七五年，公安部在郑州召开全国刑事技术工作会议，崔道植与来自四个省的痕迹检验专家共同承担了"人手各部位长宽度与身高、年龄、体态的关系"这一科研课题。

经过四年坚持不懈的努力，他们共搜集了一万两千五百人的指纹。崔道植还运用数理统计学对国人手掌各部位的长宽度进行了系统的统计分析，首次测得了国人手掌各部位的正常值与人体身高、年龄、体态的关系，为利用现场手印分析作案人的某些生理特点提供了新依据。

多年后，崔道植的研究在实践工作中又进一步深入。

一九八四年八月，黑龙江省某县发生了一起案件，作案人非常狡猾，现场遗留的物证很少，办案人员只在受害人的腰带上发现了一些微小的痕迹，但痕迹非常模糊，不具备检验价值。由于缺乏证据，案件无法告破，办案人员怀着一丝希望找到崔道植，请他帮忙鉴定腰带上的痕迹。

崔道植反复观察腰带，每一个细节都不放过，终于在腰带的断面上发现了一个面积很小的指印，但是这个指印很模糊，并且变形了。崔道植用显微镜仔细观察，发现这个指印有三个细节特征和五个汗孔痕迹。然而，仅凭这几个特征，是否能得出相关鉴定结论呢？在以前的办案过程中，还从来没有人遇到过这种情况。

为了解决这个问题，崔道植搜集了一千多份不同手指上的乳突、汗孔捺印的样本。经过反复对比，崔道植发现，手指上的汗孔依附于乳突纹线，这种汗孔的排列形态每个人都不相同。崔道植心里一下子踏实了。

崔道植从办案人员那里得到了犯罪嫌疑人捺印的十指指印样本，经过认真对比，确定腰带上的指印是犯罪嫌疑人的左手拇指留下的。根据他的判断，警方很快破了案。

这起案件是国内第一次依据指印上的少量细节特征和汗孔痕迹破案的范例。崔道植真正做到了科学技术诞生于实践，又反哺实践。这是一天天，一月月，一年年，长期积累的结果。

惊心动魄的博弈

二十世纪九十年代中期,是我国社会治安向全新阶段过渡的关键时期。但这个时期,涉枪暴力犯罪屡屡发生,公安干警面临巨大压力,这是正义与邪恶的对决,也是对公安刑侦力量的严峻考验。崔道植参与了这一关键时期多起重大案件的侦破工作,为案件侦查指明了方向,同时奠定了他"侦探大家"的地位。

一九九六年到一九九七年,北京、新疆两地相继发生涉枪大案,歹徒袭击军警、抢劫杀人,震惊全国。但现场除了弹壳、弹头之外,其他残留痕迹很少,案件迷雾重重。

北京和新疆相隔甚远,但这些案件都涉枪,作案手法相似，且案发时间相近，其中是否有关联？会不会是同一伙歹徒所为？

最初，专家认定发生于新疆的系列案件是用五六式半自动步枪作案，而北京发生的案件是用八一式自动步枪作案，且北京和新疆距离遥远，因此能不能并案侦查，谁也不敢下结论。毕竟，判断稍有差池，结果就可能谬以千里。

案件侦破工作陷入了困境。危急时刻，公安部急调崔道植赶往乌鲁木齐。

崔道植赶到后没有休息，立刻开始工作。八一式自动步枪和五六式半自动步枪用的是相同的子弹，从现场遗留的弹头、弹壳来看，的确很难区分子弹到底是用什么枪打出来的。

但崔道植具有深厚的枪弹痕迹识别功力，他能够区分出这两种枪打出的子弹痕迹：五六式半自动步枪打出的弹壳上没有微小的细线擦痕，而八一式自动步枪打出的弹壳上则有这种细线擦痕。这种擦痕比头发丝还细，是八一式自动步枪上一个凸起的小部件造成的。

崔道植全神贯注地用显微镜观察不到两毫米的

枪弹痕迹，废寝忘食地工作了三天两夜之后，终于完成了所有涉案弹头、弹壳的痕迹提取与比对。凭借过人的技能与丰富的经验，崔道植确定了弹壳上的特征，做出鉴定：新疆三起案件涉案枪支的弹头、弹壳均由同一支八一式自动步枪发射，而不是五六式半自动步枪；而且，新疆系列案件和北京"1996·12·16"案现场的弹壳是同一支八一式自动步枪射出的。

接着，崔道植反复和北京、新疆两地的鉴定专家交流，仔细询问他们判定的依据，最后坚定了自己的结论，向公安部领导汇报："新疆这三起案件被认为是五六式半自动步枪打的，我觉得不对，应该是八一式自动步枪打的。"

"这么说，新疆三起案件的涉案枪支和北京案件的一样？"

"是的，北京、新疆两地案件现场的弹头、弹壳我全认真看完了，可以进一步认定，这两个地方的涉案枪支是同一支八一式自动步枪。"

崔道植的鉴定结论对案件侦破来说是一个重大突破，成为并案的主要依据，扭转了整个侦查方向。警方判断，歹徒很可能曾是在北京犯罪后被送往新疆的服刑人员。由此深挖，警方一周之内就抓获了狡猾无比的犯罪嫌疑人白宝山，破获头号大案。

崔道植曾说，没有能够留下同样指纹的两只手，也没有能够留下同样弹痕的两支枪。弹壳上的弹痕细如发丝，但每一条都有自己的轨迹，只要了解这些弹痕的特征，就能破解每一把枪、每一枚子弹的秘密。

话虽简单，却是崔道植用一生的心血总结出来的经验。

神秘猎枪来自何方

崔道植对各种型号的猎枪也有研究。多年来，他把我们国家生产的所有猎枪的弹壳痕迹都拍摄下来，照了几千张照片，积累了好几大箱弹壳。这些细致的研究工作，成为他侦破大案、要案时的宝贵依据。

二〇〇〇年十二月九日下午四点三十分左右，河南省郑州市某商贸城里人头攒动，欢声笑语，一片红火景象。快过年了，人们忙着购置新衣服，买水果、零食，空气中都洋溢着即将过年的喜悦。

忽然，有四个蒙面人快步走进位于商贸城一楼的某银行营业厅内。还没等人们反应过来，一个蒙脸大汉在营业窗口的玻璃上引爆了一个小型自制炸弹，防弹玻璃被炸开，两名劫匪翻入柜台内，把银行营业款洗劫一空。

听到爆炸声，保卫处人员飞奔过来查看情况，冲在最前面的保卫处副处长被劫匪开枪打中，不幸殉职。这时，两名巡警也赶到了，双方爆发了激烈的枪战。劫匪眼看着不敌巡警，于是，向银行门口扔了一个自制的简易催泪弹，趁乱迅速逃离，整个过程不过五分钟。

发生如此大案，公安部门高度重视，立即成立专案组开展侦办工作。专案组民警走遍全国十四个省一百多个县市，记录相关侦查资料的纸张重达五十公斤，二十多名民警累倒在工作岗位上。但苦于没有任何线索，案情侦破陷入了僵局。

后来，专案组和公安部有关专家拿近些年的抢劫案件来比对时，发现了相似案件。一九九六年冬，郑州商人李某某家忽然闯进了两个手持猎枪的蒙面人，抢到一万多元现金后逃走了。

一九九七年冬，四个戴着头盔和手套的歹徒拿着猎枪，冲进郑州市某电信营业大厅，在十五分钟之内把三十多万元现金抢走后迅速逃离。

一九九九年三月，几个蒙面人闯进郑州某银行，在短短六分钟内，抢走了五万多元现金。

这些案件的作案人基本特征是蒙面、手持猎枪，他们抢劫的手法也极其相似。警方经过多次调查、研究，最终认定"12·9"案件跟前几起案件是同一伙人所为，于是决定并案侦查。

由于歹徒的作案枪支是猎枪，而猎枪的枪痕检验在当时几乎是一片空白，没有人专门研究，只有崔道植在这一领域有突破性进展，因此公安部刑侦局急调崔道植前往郑州，协助查明涉案枪支型号及产地。

当时，恰巧崔道植的猎枪子弹弹道理论研究取得了突破。为了查明猎枪射击的子弹弹壳与猎枪型号的关联，有效利用弹壳分析判断子弹的种类，崔道植一把枪一把枪地进行实弹射击，然后将弹壳收集起来做分析对比。

收集全国所有猎枪生产厂家的所有型号猎枪，这是一个相当庞大的工作量，但这难不倒崔道植，他是一个极有耐心的人。崔道植在一次次的实验中，积累了一箱箱各类型号的猎枪打过的子弹弹壳。每一枚子弹的弹壳痕迹，他都要拍成照片，然后分门别类，形成相应的文件。一箱箱子弹壳、一张张照片、一份份文件，堆满了崔道植狭小的家。为了保证数据的准确，崔道植还要一一复检。

整个研究是在浩如烟海的数据中寻找共同点，不仅需要极大的耐心，更需要在耐心中保持极度的细心。因为每一条细小的枪痕，都要在显微镜下进行观察，没有非凡的耐心和细心，是无法完成这项工作的。崔道植以严谨的工作态度，将这项"冷门"的猎枪研究做得非常出色。

崔道植到达郑州时，距离"12·9"案件已经过去了快半年时间。当时，郑州警方对案发现场提取的弹壳已经有了初步判断，知道弹壳出自两把不同的猎枪，但这两把猎枪是什么型号就不知道了。

崔道植拿到案发现场的弹壳后，立刻开始了研究。他聚精会神地研究了一整天，反复地观察弹壳痕迹，最后得出了结论：这些弹壳出自同一把猎枪。办案人员十分疑惑，因为在调查案件时，有目击证人称看到两名劫匪持枪射击。

崔道植根据自己对弹壳的研究做出解释："弹

神秘猎枪来自何方

壳出自同一把猎枪没错，至于目击证人说的，前一半可能是对的，确实有两名劫匪持枪，但当时抢劫场面激烈，又是猎枪，又是炸弹，目击证人处在紧张状态下，无法确认到底是几把枪开过枪，这很正常。"

除了确定弹壳出自同一把猎枪外，崔道植根据弹痕检验，还确定了枪支的型号以及生产厂家：作案人使用的是十二号猎枪，由湖南某武器研究所生产，而且是仿制神雕牌唧筒式猎枪。

当时，生产神雕牌唧筒式猎枪的厂家有两家，一家是原装生产，一家是仿制生产，仿制品不多。崔道植竟然根据弹痕鉴定，就能分辨出猎枪的生产厂家，实在令人叹为观止。

崔道植对猎枪种类的精确鉴定，对案件的侦破起到了决定性的作用。根据崔道植的判断，办案人员大大缩小了排查范围，以枪支型号为线索，顺藤摸瓜排查这种猎枪的买主，发现了蛛丝马迹，最终找到了真正的猎枪使用者张书海。于是，这个家族型犯罪团伙进入了警方的视野。

经过调查，警方认定张书海为主要嫌疑人，他财迷心窍，居然拉拢自己的儿子、妹妹、侄子和儿子的同学等人，一起组成这个犯罪团伙，他们用猎枪和自制炸弹犯下一起又一起抢劫案。

二〇〇一年六月，先后在五年间制造了数起惊天大案的犯罪团伙被缉拿归案，办案人员在张书海的住处查获了仿制神雕牌唧筒式猎枪一支以及数百发子弹，这支猎枪的生产厂家和崔道植的鉴定结论完全吻合。

军大衣里的秘密

　　同样是一起关于猎枪的案件,同样是一起棘手的大案。

　　一九九九年冬天,黑龙江省哈尔滨市发生了几起抢劫杀人案,凶手非常残忍且狡猾。

　　一起又一起抢劫案引起了市民的恐慌,但狡猾奸诈的凶手并未收手,而是策划了更大的阴谋。

　　二〇〇三年一月十八日,天色刚刚黑下来,沈阳市某商业银行储蓄所门口,几名工作人员正在一辆白色运钞车前进行现金押送交接。忽然,轰的一声巨响,把大地震得都颤抖了,地面仿佛猛地陷进去一截,现场弥漫着呛人的炸药味。紧接着,响起了砰砰的枪声,浓烟之中,几名歹徒突然蹿出，把钱箱抢走，扔进一辆红色面包车，夺路而逃。

浓烟散后，人们看到储蓄所的窗玻璃、护栏全被炸碎，墙上的空调外机被炸得变了形，门前停放的自行车扭成了麻花状，数名工作人员死伤严重，现场一片惨烈景象。

崔道植被公安部紧急调至沈阳，他到达案发现场后，仔细查看了穿透运钞车玻璃的弹孔，捡起地上的一枚枚弹壳，并根据群众所提供的关于枪声频率的线索，分析、研究作案枪支的型号。

一月十九日，警方找到了被犯罪嫌疑人遗弃的红色面包车，车里有子弹、运款袋等，还有一件军大衣。正值冬春交替季节，军大衣在东北地区很常见，这种衣服在寒冷的东北街头也是最不起眼的，但这件不起眼的军大衣却吸引了崔道植的目光。

崔道植拿起军大衣，在身上试穿了一下。他想通过试穿军大衣，来判断犯罪嫌疑人的身高、体重等特征。经过判断，崔道植认为这名歹徒的身高在一米七三左右。

就在这时，崔道植忽然发现这件看起来又脏又破，实际上还挺新的军大衣的口袋却被撕开了，里面的棉絮也被掏空了。令崔道植意外的是，有人在这件军大衣的左下角缝制了一个碎花布兜。

乍一看，碎花布兜和军大衣之间的强烈反差显得滑稽可笑，但崔道植一眼看出这不是普通的碎花布兜，而是一个手工缝制的枪套！崔道植连忙把军大衣挂好，展开来细细观察那个枪套。果然，大衣上缝有扣环，而那个布兜就是用来装枪的。

原来，这个犯罪团伙特意选择在寒冷的冬季作案，就是想用军大衣来隐藏枪支。他们把猎枪藏在军大衣的枪套里，扣好扣子，从外面看，谁也不会想到军大衣里藏着一支猎枪。

崔道植用手丈量了枪套的长度，通过查看扣环位置、枪套大小、大衣内侧磨损状况等特征，判断歹徒使用的是双管猎枪。

崔道植立刻又把现场捡到的弹壳一一放到显微镜下观察、研究。他发现，这些弹壳上细小的痕迹与一般的猎枪不同，只有南方某地生产的猎枪打出的子弹，才会产生这样的痕迹。

崔道植综合分析了此前沈阳发生的两起运钞车抢劫案件，深入研究了案发现场遗留的弹头、弹壳等物证，做出了自己对歹徒身高、持有枪支情况等的判断。同时，他考虑到案发现场的爆炸情况，推测歹徒可能来自黑龙江省的鸡西、鹤岗等煤城，因为开矿时需要用炸药、雷管……

崔道植的这些鉴定和推论，使沈阳"1·18"抢劫运钞车案在案发后二十一天内便取得了重大突破。

二月八日，一个叫张显明的鸡西市人进入了警方的怀疑名单。有人反映，一直好吃懒做的张显明，连工作都没有，却仿佛一夜暴富，花钱大手大脚；而且在案发当天，邻居注意到张显明换了一件新衣服，身上还喷了刺鼻的香水。种种疑点引起了警方的高度重视，于是传讯了张显明。

在审讯专家的心理攻势下，张显明供述这个犯罪团伙的主使人是他哥哥张显光，参与者还有他的弟弟张显辉和两个表弟。而张显明的身高就是一米七三左右，和崔道植的判断一样。

随后两天，除张显光外的其他犯罪嫌疑人逐一落网。

张显光非常狡猾，他脱下光鲜的服装，穿上在矿区生活时的破旧衣服，走上了逃亡之路。他把自己伪装成一个老实巴交干苦力的人，逃亡多地，靠打零工生活，平时深居简出，过上了"正常人"的生活。

天网恢恢，疏而不漏。二〇〇六年八月八日，张显光正在出租屋内休息，突然，一群公安干警破门而入，将其抓获。

崔道植得知张显光落网的消息后，一颗悬着的心终于安定下来。他始终关注着张显光的审判情况，直到张显光被押赴刑场执行死刑的那一刻。

一方是穷凶极恶的罪犯，一方是终结罪恶的刑侦专家，他们之间的较量是极致的博弈。罪犯豁出去的是生命，而崔道植依靠的是智慧、勇气和多年来积累的经验。

正义必将战胜邪恶。崔道植踏踏实实地做痕迹检验工作，交出了一份漂亮的答卷。

还原案发现场，用实验说话

凡刑事案件必有案发现场，凡有案发现场必留痕迹。崔道植认为，现场勘查工作做到位了，就等于把整个作案过程重新复原了，通过现场的指纹、足迹，或者将一些工具痕迹、枪弹痕迹串联起来，就能捕捉到嫌疑人的踪迹。

现场痕迹勘查是个"蹲着干"的活儿，非常辛苦。为了能看清现场痕迹，痕检人员需要蹲着、趴着、侧卧着、平躺着、蜷缩着……用各种姿势完成勘查。做完一场现场勘查后，人往往会累得头昏眼花、腰酸背痛。很多时候，痕检人员还要逼真地还原案发现场，这时就需要有人持"枪"充当凶手，有人充当被害者。

在一起持枪杀人案件中，犯罪嫌疑人杀害了一名女子，却不承认是其主动开枪，坚持说是枪支走火。警方经过调查后发现，的确很难判断是凶手故意开枪，还是在和受害者争夺枪支时不小心走火的，于是决定还原案发现场。

"让我来当受害人。"崔道植说，"我身材瘦小，挤这儿正好。你们看，我的身形和受害者差不多……"白发苍苍的崔道植不顾他人劝阻，在小旅馆的房间里，像受害人那样趴在地上，开始还原案发现场。

他一边还原当时的情景，一边给大家讲解受害者中枪后是怎样倒在地上的，倒地的姿势如何，子弹是如何穿过受害者的身体，又从墙壁上反弹回来的……

通过还原案发现场，崔道植做出结论：凶手是故意开枪。因为弹道测量数据显示，子弹是从上往下的，而受害女子被害时倒在地上，她的胳膊长度够不到枪。崔道植用事实戳破了犯罪嫌疑人的谎言。

崔道植不仅要在案发现场做各种痕迹鉴定，对一些复杂、离奇的案件，还要对现场留下的痕迹进行反复确认，通过反复实验，抽丝剥茧，还原真相。

二〇〇〇年，东北某市发生了一起匪夷所思的案件。

警方接到报警后赶到现场，只见歌厅包厢内一名男子倒在地上，已没有生命体征。经过法医鉴定，受害人被手枪击中心脏，当场身亡。犯罪嫌疑人有两名，一名男子和一名女子，他们此刻都面如土色，躲在角落里瑟瑟发抖。这名男子是受害人的朋友，女子是被他们约来一起唱歌的。包厢里只有三个人，两人幸存，那么，凶手必定是其中一个。

警方将男子和女子带回警局，本以为很容易就能审出谁是凶手，不料，却审出了"罗生门"——男子和女子各执一词，都只按照对自己有利的方向讲述，以致警方无从判断事实真相。

男子是这样陈述案发经过的：当晚，男子和受害人一起吃完饭后去歌厅唱歌。到了歌厅，他们约了这名熟识的女子一起唱歌。受害人点了一首歌后起身准备唱歌，由于包厢内温度较高，受害人就把外套脱了扔在沙发上。

借着电视屏幕微弱的光线，女子看到受害人腰间竟然别着一把手枪。女子觉得好奇，便走到受害人身边，把手枪拔出来笑着问："哥，这是真家伙，还是假的？"

"假的，吓唬人的，快还给我。"受害人说。

"既然是假的，你就把它送给我吧，我留着吓唬坏人。"女子说。

"快还给我，你想要的话，过几天我再送你一把。"受害人的语气变得急促了。

"不，我就要这个，我要留着它吓唬人，吓唬坏蛋！"女子还在开玩笑，并没有把枪还给他。

受害人急了，厉声说："快给我，少废话！"说着，就要上来抢枪。

女子还以为受害人在和她开玩笑，立刻把枪举起来，对着受害人吓唬他说："你别过来啊，再过来我就……"

还没等她把"开枪了"说出口，忽然砰的一声巨响，受害人顿时倒下了。女子吓坏了，一下子把枪扔到了地上。

但在女子的描述下，案发经过却是另一个版本。女子说，她和男子在唱歌过程中发生了争执，受害人便从腰间拔出一把手枪拍在桌子上对她说："妹子，拿着枪，他要是再放肆，你就开枪崩了他。"

女子看受害人情绪激动，害怕激怒他，于是拿起了枪。没想到，一旁的男子忽然从她手中夺过枪，对着受害人开了一枪。

这起看似简单的案件，由于两名犯罪嫌疑人截然不同的证词，使真相变得扑朔迷离。凶手究竟是谁？

枪支在射击过程中会产生烟灰、火药残渣等残留物，按照以往经验，通过检验案发现场人员身上的射击残留物，就能判断出谁是射击者。于是，警方对两名犯罪嫌疑人身上的射击残留物进行了检验。然而，经检验后发现，这两个人的手上和身上都有射击残留物。

案情又陷入了迷雾中，难道是两个人早有预谋，合伙作案？但是，受害人身上只有一个伤口，现场也只有一枚弹壳，难道是这两个人同时握枪向受害人射击吗？可短时间内在狭小的封闭空间中，几乎不可能做到。

种种谜团无法破解，警方只好请来了崔道植，希望这位身经百战的著名痕迹检验专家能够发现一些新的线索。

崔道植到达后认真勘查了案发现场。两名犯罪嫌疑人又各自把案件经过讲述了一遍，自然，他们讲述的都是对自己有利的情况。不过，崔道植并没把注意力放到供词上，对第三种猜测也不置可否。他提出了简捷有效的方法：在同样的密闭空间里做实验，看非射击者身上会不会有射击残留物。

于是，崔道植就在同样的一个包厢内做了射击实验。果然，在封闭空间里射击，非射击者的身上也会有射击残留物。这个结果解释了为什么男子和女子身上都会有射击残留物。

接着，崔道植又开始研究枪支上的指纹痕迹，根据指纹的方向、在枪上留存的位置判断，他认为这把枪的使用情况与男子的描述更接近。在警方的进一步审讯下，女子终于交代了事情的真相：原来，她是在玩闹中无意间扣动了手枪的扳机，打死了受害人，因害怕承担责任，才将责任推到男子身上。

崔道植的实验破解了这起案件的难解之谜，使扑朔迷离的案情真相大白，让真正的嫌疑人受到了惩罚。

每当出现难以破解的案件，崔道植总会亲身实验以判断案发时的情况。崔道植的一个学生回忆道："有一次，一位司机中枪身亡，我和崔老师奉命去案发现场。案发时，嫌疑人持枪站在驾驶位旁边用枪指着司机，司机为了逃命，突然开车就跑，但他没想到嫌疑人要利用这辆车来支撑身体。车一启动，嫌疑人突然失去平衡，手就扣动了扳机。"

为了验证嫌疑人到底是故意扣动扳机还是无意中走火，崔道植坚持亲自做实验，他要跟着行驶的车一起小跑，这非常危险，大家都不肯让他冒险："要做也不能让崔老师来做！"但崔道植坚持要自己做："我要是不做，我就不知道这种感觉。"

正是这种求真求实、忘我工作的精神，让崔道植练就了一身过硬的本领。

世上没有奇迹，如果说有，那一定是用持之以

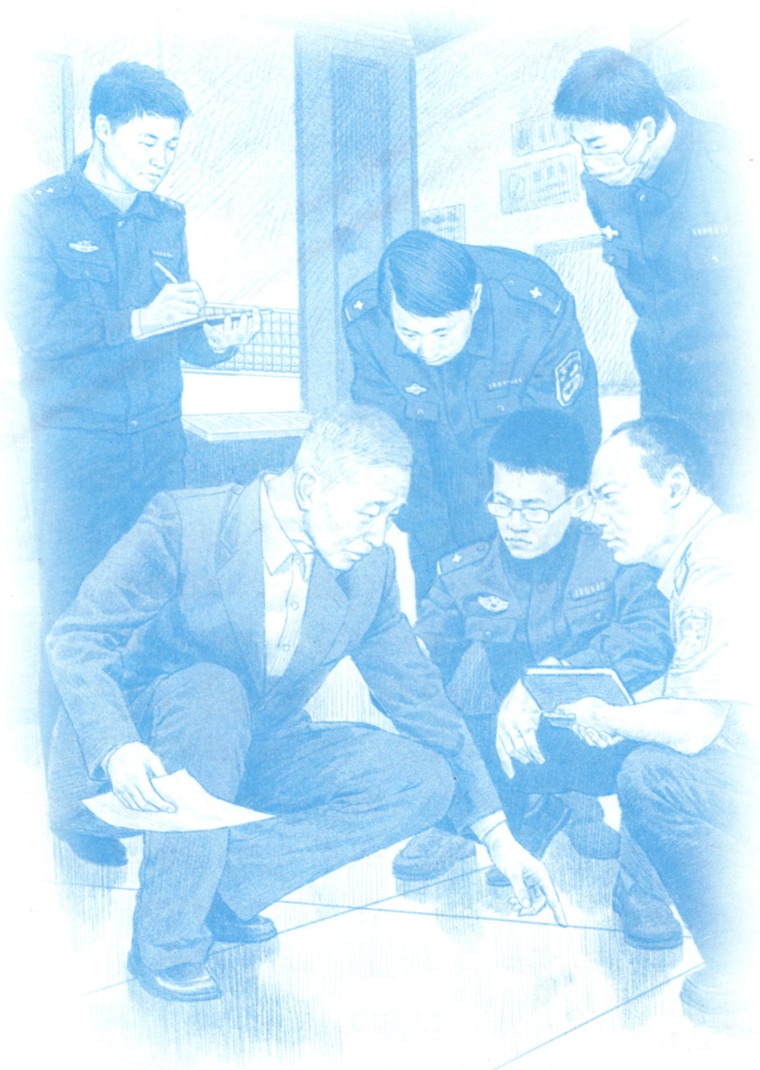

恒的毅力和一丝不苟的精神创造出来的。埋头苦干，刻苦钻研，兢兢业业，精益求精，这是崔道植的工作秘诀，也是他屡屡创造奇迹的秘诀。

"崔专家为人正直，技术高超"

在侦破大案、要案时，崔道植是警方的"定海神针"；在普通老百姓心中，崔道植则是技术高超、心系群众的侦探专家。

崔道植职业生涯中有一次难忘的民间痕迹检验经历，那是他做过的最难的痕迹检验之一。

"哇，哇，哇……"一户农家小院里传来了清脆的啼哭声，一个白白胖胖的小男孩出生了。望着刚出生的儿子，朱某某说不出心里是什么滋味，他抱起儿子，眼泪情不自禁掉了下来。眼下自己负债累累，要如何养育这个孩子呢？

原来，为了一张已经还完款的欠条，朱某某已经打了整整三年的官司。他怎么都不明白，自己已经还了钱，也拿到了对方的收条，怎么还会被人诬告呢？

朱某某是黑龙江省依兰县团山子乡的一名村民，一九九八年承包了同村村民杨某某家的两百多亩土地。第二年，他打算再多承包两百多亩地，杨某某对他说："我那块地你还想不想包了？要是想的话，就交一万元的定钱，要不我就把地承包给别人了。"

当时朱某某没带钱，杨某某就说："你先打张欠条也可以。"于是，朱某某就给杨某某打了一张一万元的欠条。但是当天下午，朱某某就把钱凑齐给了杨某某，杨某某也给了朱某某一张收据。

万万没想到，过了几个月，杨某某将朱某某告上了法院，说他欠钱不还。

这简直是晴天霹雳，朱某某一下子蒙了："我真的不欠你钱了，钱早就给你了！我这儿还有收据呢！"

杨某某却说："收据上的字不是我写的，指印也不是我按的。"

朱某某急了："天地良心啊，这指印明明是你按的，你还不承认！"

朱某某咽不下这口气，应诉后就把收据交给法院鉴定。收据上的字是朱某某写的，指印是杨某某按的，但是收据上的指纹模糊不清，送到多个地方鉴定都说不具备检验条件，而杨某某也死活不承认这指印是他按的。

法院认为收据上的指纹模糊不清，未能鉴定，不能证明这是杨某某出具的收款凭证，因此判朱某某败诉，除了要还清"欠款"，他还要承担鉴定费、案件受理费等。

朱某某傻眼了，自己并不富裕，承包土地的租金都是跟亲戚朋友借的，现在被人诬告败诉，还要承担这么多费用，就是砸锅卖铁也凑不出来钱了。上诉是他洗清冤屈的唯一希望。

幸运的是他遇到了一位好律师，无偿帮助他打官司。律师带着这张收据四处奔走，寻求重新鉴定的可能，但都无果，直到遇上了黑龙江省公安厅物证鉴定中心的一位科长。这位科长仔细看了卷宗，他认为关键的证据问题得不到解决，就有可能出现冤案，于是他接下了这项指纹鉴定工作。

收据上的指纹特征少，鉴定条件很差，经过一周的反复检验，科长觉得收据上的指纹和杨某某的差异有点大。他想：会不会是朱某某伪造了收据呢？于是又对朱某某进行了指纹取样，与送检的指纹进行比对，经过鉴定后，作伪的可能被否定了。经反复鉴定，这位科长也没能拿出最终结论，于是他想到了全国著名的痕迹鉴定专家崔道植。但崔道植那么忙，负责全国的大案、要案以及省里难办的案子的鉴定工作，像这种一般的民事案件，崔道植会有时间来做吗？

科长抱着试一试的心态找到崔道植，讲述完案件情况，崔道植感慨道："农民不容易啊！"一边说一边接过了卷宗。

崔道植看了案件卷宗，感觉难度很大，难点在于收据上留下的是个残缺指纹。一般来说，人们在纸上按指印都是平稳地按下去，再抬起来，或者从手指一边到另一边滚动地按，这样就会非常清楚。而这张收据上的指纹只有指尖部位，也就是说只有正常指印的三分之一，而且指纹在按下的同时有扭动。再加上手指上的印油过多，整个指纹的可鉴定特征都变成了模糊一片的红色。

崔道植详细看完卷宗，他认为以前做的指纹取样还远远不够，还得进行指纹捺印，而且这次要从不同的角度、力度，用红色和黑色两种印油，还要区分印油的多少对十指进行捺印。

收到重新取样的二十多份十指捺印指纹后，崔道植用显微镜看了整整两天两夜。他说："看起来，这个案子是极其简单的民事案件，但指纹鉴定的难度却是罕见的，到目前为止像这种难度的鉴定，我也就遇到过三例。"经过苦心研究，崔道植最后得出鉴定结论：收据上的红色指印的特征点，包括起点、分歧、终点、结合等个别特征十二点，和杨某某右手食指指纹的特征点完全一致！

崔道植把这一结论告知法院后，在确凿的证据面前，杨某某最终承认自己是诬告。崔道植的鉴定结果改变了朱某某的命运，他感激不尽，逢人就说："崔专家真是为人正直，技术高超！"

"为人正直，技术高超"是一位农民对崔道植朴实无华的评价，也是最真挚的评价。

每破一个案子,就年轻了一次

崔道植不但在案发现场断案如神,在科研上也做出了许多贡献。

一九九四年,崔道植到了退休年龄,但他退而不休,总结了自己在长期从事现场勘查和痕迹检验工作中发现的问题:有些案发现场遗留的痕迹或者经过勘查后发现的痕迹,由于模糊或残缺无法确定其特征,只好丢弃;有些痕迹,从俯视的角度看不清,换一个角度能看清,然而由于无法校正拍出来的变形痕迹,也只能丢弃;在检验工作中,有很多细小的痕迹,尤其是枪弹痕迹,只能进行形状比较,不能进行测角、测距等定量检验;现场平面图、立体图的绘制仍停留在手工绘图阶段……

崔道植觉得不能辜负党和国家的信任，自己必须要解决这些问题，经请示，公安部批准，崔道植开始立项研究"刑事痕迹图像处理系统"。要研制这样一个系统，必须先熟悉当代先进的计算机技术，而当时，崔道植对计算机技术的了解几乎为零。为了按时完成课题任务，崔道植暗下决心，一定要尽快熟练掌握计算机技术。

他抓紧一切时间向课题组合作伙伴、专家、教授们请教，如饥似渴地从书中学习，夜以继日地投入到学习和研究中，没用多长时间，他就能熟练操作计算机了。

课题中每遇到一个新知识点都是一次挑战，为了掌握一项图像处理技术，崔道植废寝忘食，直接住在实验室里，甚至好多天都没有回家。崔道植与课题组全体人员一起努力，对各项技术指标进行了上千次实验，终于在一九九六年十月完成了该项课题任务，并顺利通过了部级专家的鉴定。

专家对"刑事痕迹图像处理系统"课题给予了较高的评价：该项成果实现了从整体痕迹至微小痕迹特征的计算机检验，既能够对拍照变形的痕迹进行复原，对痕迹物证进行自动测量和标注，又能对模糊痕迹进行锐化处理，处理后显现出更多的特征，扩大了检验范围，极大地提高了痕迹的利用率和工作效率，该系统处于国内领先水平。

崔道植与课题组共同研发的系统应用于案件现场拍照和痕迹检验工作后，起到了不可替代的作用。这项科研成果除了在黑龙江省内普及外，还推广到甘肃、宁夏、内蒙古等地，并获得了黑龙江省公安厅科技进步一等奖。

一九九七年三月，黑龙江省富裕县发生了一起恶性抢劫案，作案人闯入一户居民家中行凶伤人，还抢走了五百多元现金。由于案发现场是水磨石地面，很难留下痕迹，办案人员观察许久，终于发现了一枚灰尘足迹。这枚灰尘足迹的鉴定条件很差，俯视根本看不清，逆光斜着看却看得很清楚，怎么才能提取下来与犯罪嫌疑人的足迹进行比对呢？办案人员束手无策。

富裕县公安局慎重考虑后，决定将现场那块留有灰尘足迹的水磨石地面撬开，把整块地面和犯罪嫌疑人的胶底布鞋一同送往黑龙江省公安厅，请崔道植进行鉴定。

崔道植接到材料后,先进行等比例拍照,然后用自己研究的"刑事痕迹图像处理系统"校正,再与犯罪嫌疑人的胶底布鞋进行比对,很快得出鉴定结论:案发现场发现的灰尘足迹就是犯罪嫌疑人右脚的布鞋留下来的。崔道植的结论为破获这起案件提供了唯一的证据。

此后,崔道植运用"刑事痕迹图像处理系统"对二十多起案件的现场痕迹进行了技术处理,包括模糊的指纹和变形的足迹,赢得了西藏、重庆、福建、浙江等十个省(自治区、直辖市)公安系统的广泛赞誉。

研究"刑事痕迹图像处理系统"仅仅是崔道植退休后的一部分工作,他最为擅长的枪弹痕迹检验理论研究也在不断深入推进。他完全没有停下脚步,思维依然灵敏,声音依然洪亮。很多人问崔道植保持年轻有干劲的秘方是什么,他笑着说:"秘方倒是有,那就是工作。每破一个案子,我就年轻了一次。每攻下一个难题,我就感觉年轻了一回。我的座右铭是:人生的价值在于奉献！"

  阳光透过窗户照在崔道植身上,他的笑容睿智而温暖。在阳光的照耀下,崔道植看起来像是会发光一样,这光芒照亮了黑暗,温暖了人间。

大侦探中的"科学家"

一九九七年,崔道植参加了公安部举办的国际刑侦器材展会。在展会上,他看到了国外的枪弹痕迹自动识别系统,受到了很大的触动:"一想到我们国家没有,当时我心里那个急啊!"他下定决心:要攻破这个堡垒,做属于我们自己的枪弹痕迹自动识别系统!

崔道植夜不能寐,他想到自己干了几十年的枪弹痕迹检验工作,提起各种型号的枪支算得上是如数家珍,对猎枪也有一定程度的研究,由他来研究这个课题再合适不过了。他决定省吃俭用,把退休工资拿出来搞科研。

崔道植琢磨出了铝箔胶片与弹痕展平器技术,

提取枪弹痕迹，用于案件侦破。现在，他决定进一步充实这项技术鉴定枪弹痕迹的理论支撑。为了研究用铝箔胶片提取膛线痕迹的技术，崔道植在实验室里日夜钻研，不停奔走，先后访问了国内七所高等学府、三所精密仪器研究所；为了研制一种高精度制模片，崔道植不停地在国内三大铝厂和好几家铝箔片厂奔波，进行了无数次实验；为了研制出理想的弹痕展平装置，崔道植先后设计了四种模型图，与四个机械加工厂合作……

功夫不负有心人，经过五年多的苦心钻研，崔道植终于发明了一种用特制铝箔胶片提取弹头膛线痕迹的技术，获得了发明专利。与此同时，崔道植还设计制造了一种弹痕展平器，这个弹痕展平器有什么优点呢？崔道植说："弹头的膛线痕迹在这个展平器上滚压以后，只把高低线条复刻下来，其他的烟晕痕迹或者锈斑痕迹等干扰因素都不会压下来。"这样，用弹痕展平器复制出来的膛线痕迹非常清晰稳定。

二〇〇一年，崔道植和公安部物证鉴定中心王志强以这两项专利技术为基础开发出来的"弹头膛线痕迹自动识别系统"，获得了公安部专家的认可。同年，这项新的技术就应用在了一件历时七年却没有侦破的疑难案件中。

一九九四年十月，山东省发生了一起凶杀案，歹徒作案后又在案发现场纵火毁灭痕迹，警方在现场只找到了两枚7.65毫米的手枪子弹弹头，而且从这两枚弹头看，这不是出自中国制造的枪支。由于物证很少，该案一直难以侦破。

直到七年后的一天，一个叫张某某的人因其他案件被捕，警方从他家里搜出了一把比利时造的枪牌手枪、钢珠弹以及子弹。这种子弹和一九九四年那起案件的现场发现的子弹一模一样，这引起了警方的警觉。

由于手枪过于陈旧，相关部门经过检验，均认为该手枪枪管磨损严重，不具备鉴定条件，无法得出鉴定结论。最后，警方将这把手枪送到崔道植那里，请他检验。

崔道植用自己发明的铝箔胶片与弹痕展平器技术，将送检的弹头膛线痕迹全部展平，然后进行线痕接合检验，最终得出结论：案发现场发现的弹头就是这把枪牌手枪射出的。基于这一结论，警方很快破了案。

多年来，崔道植在枪弹痕迹采集检验方面撰写了一系列论文，完成手印、足迹、枪弹痕迹等七项科研课题，还开创了"指甲同一认定""牙痕同一认定"的先河。他研发的现场痕迹物证图像处理系统、枪弹痕迹自动识别系统填补了国内多项技术空白。

崔道植利用铝箔胶片和弹痕展平器进行枪弹痕迹检验鉴定的技术，获得了国家专利。然而，当崔道植知道别人使用专利技术需要付费时，他又主动放弃了自己的专利权。

崔道植说："这个机器是为破案用的，你还搞什么金钱、利益啊，不应该挂钩，就这么简单的事情，所以我就专门写了一个申请，撤销专利。"后来，崔道植和同事研究出的弹头膛线痕迹自动识别系统中的多项技术，被全国十三个省的几十个公安单位采用。凭借这个系统，警方还破获了一批涉枪案件。

崔道植自费制作了十二台展平器，捐给西北地区设备落后的刑事技术部门。崔道植荣获全国公安科技突出贡献奖时，获得了四十万元奖金，其中有十万元可以由他自己支配。他没有为自己留下一分钱，而是给黑龙江省公安厅、哈尔滨市公安局添置了设备，还购买了鉴定器材捐赠给兄弟省市公安机关。"我的一切都是党给的，我的一切也都要交给党。"崔道植说。他始终记得方志敏在《清贫》中写的那句话："清贫，洁白朴素的生活，正是我们革命者能够战胜许多困难的地方！"

"崔道植"这个名字，已经成为令人惊叹的传奇。所以，每当遇到枪弹痕迹检验难题的时候，就会有人说："去黑龙江请崔老吧！"

总是缺席的爸爸

崔道植在工作中是有名的"神探",但在家庭中他却常常缺席。过中秋节了,这个朝鲜族大家庭热热闹闹的,桌子上摆放着月饼、石榴、苹果等各种好吃的,所有亲戚齐聚一堂,其乐融融。崔道植的三个儿子很顽皮,和亲戚家的孩子追来赶去,玩得十分开心。

"英滨,你爸爸呢?今天过中秋节呢,怎么还不来?"亲戚家的一个阿姨问。

"我爸爸还在办公室做实验呢!"崔英滨说。

"都过节了,也不休息一下?整天都那么忙?"阿姨对崔道植的妻子金玉伊说。

"习惯了,他一天到晚都在办公室里忙。"金玉伊努力让自己的语气显得轻描淡写，然而，从她脸上流露出掩饰不住的失落。

金玉伊和崔道植相识时，崔道植是英气逼人的志愿军战士，金玉伊是卫生站护士。他们在拉林河相识、相知，那里留下了他们灿烂的青春岁月，是他们一生中最难忘、最美好的时光。

金玉伊身材修长，长相甜美，能歌善舞，并且有一颗善良、纯净的心。年轻时的她最爱唱的一首歌是《没有门牌号的客栈》。

今天还是走啊走啊，
没有定处的身影，
走过来的每一足迹被眼泪浸透……
还给我的青春吧，
我那最美好的青春！
似箭般的岁月，
谁能留住它！
还给我的青春吧，
我那最可爱最美好的青春……

穿着一身雪白的护士服、戴着护士帽的金玉伊，常常在工作间隙轻轻哼唱这首歌。那时的她风华正茂，丝毫体会不到歌中追忆青春的惆怅。

和崔道植结婚后，金玉伊才发现他的一颗心都扑到了工作上，一大家子人的衣食住行都要金玉伊操持，而此时的金玉伊已是黑龙江省医院年轻有为的脑电图专家。繁忙的工作之余，她承担了家里的所有家务，生活忙碌而艰苦。

崔成滨、崔红滨、崔英滨三兄弟童年的记忆中极少有爸爸陪伴。有时，晚上爸爸还在家吃饭，第二天他们醒来爸爸就不见了。

"爸爸呢？爸爸去哪里了？"崔英滨问妈妈。

"出差了。"妈妈说。

长大后，孩子们才知道爸爸是去案发现场了。崔道植经常一走就是十几天，甚至一两个月，家里的大事小事都由金玉伊操持。

有一次，金玉伊把双手浸在冰冷的水中，哗啦啦地洗着碗筷。冷水刺骨，腰部也传来一阵刺痛。金玉伊把湿淋淋的手举起来，看到曾经细嫩的手指上布满了粗糙的裂纹，还有几处切菜时不小心被割破的伤痕。

她环顾这个家，处处都是她操劳的痕迹，几乎没有崔道植的踪迹，他的心全部都放在了工作上。一种哀伤和无奈的情绪涌上金玉伊的心头，她内心的怒火腾腾地往上升，泪水在她的眼眶里打转。

好不容易等到崔道植回来了，金玉伊再也按捺不住内心的怒火大吼："你还知道回来啊？这个家你到底还要不要？"

"对不起，工作实在太忙了。"崔道植说。

"忙，忙，就你一个人忙！我难道就不忙吗？忙完单位又忙家里，所有事都要我一个人操心，你一走就是很多天，这日子真是过不下去了！"金玉伊又辛苦又委屈，眼泪扑簌簌地流了下来。

崔道植想说什么，张开口却又不知道从何说起。最后，他什么也没说，默默地拿起扫帚、拖把，把家里打扫得干干净净。然后，崔道植走进厨房，系上围裙，拧开水龙头哗哗地洗着绿皮茄子。

一个个绿皮茄子饱满、圆润、翠生生的，经过清水的冲洗，越发显得青翠欲滴，看着就让人喜欢。崔道植洗好茄子，在案板上娴熟地切成小块。

他刀工很好，不一会儿，大小均匀的茄子块就摆满了案板。崔道植拧开煤气灶的开关，架上铁锅倒上油，等油烧热后把茄子块倒进锅里。很快，厨房里飘出了红烧茄子的香味。

"好香啊！妈妈做了什么好吃的？"放学到家的崔英滨笑嘻嘻地跑过来，"啊，爸爸回来了？"看到爸爸，闻到红烧茄子的香气，再回头看看一旁红着眼圈的妈妈，崔英滨心里似乎明白了什么。

这一天，饭桌上的菜很丰盛，不但有红烧茄子，还有红烧肉，这两道菜都是金玉伊最爱吃的。孩子们看到有好吃的开心极了，说着，笑着，家里充满了难得的欢欣和热闹。

看着孩子们吃得高兴，金玉伊心里的怒火也不知什么时候悄悄平息了。她扭头看了崔道植一眼，只见他精心挑了一块红烧肉，轻轻放到她碗里。那一刻，金玉伊心里五味杂陈，酸、涩、苦、咸，还有一丝甜蜜，这复杂的滋味像潮水一样淹没了她。趁丈夫和孩子们不注意，她低头擦掉了快要落下来的泪水。

金玉伊吃了一块红烧茄子，又吃了一块红烧

肉，感觉非常美味。"爸爸做的菜真好吃！"三个孩子笑着说，金玉伊也笑起来。她想，如果每天都能像今天一样就好了。

在金玉伊的心里，秋天是一个让她感到快乐的季节。每到这个时候，她就会买回很多白菜，清洗干净，准备做朝鲜族的传统美食辣白菜。这对他们家来说是一个快乐的日子，每到这时，崔道植也会抽出空来帮忙。他们把粗盐、辣椒等混合起来调制配料，把白菜腌制成辣白菜，这是他们整个冬天的菜肴。父母一起腌制辣白菜的情景是三兄弟童年最温馨的记忆。

临近年关，崔道植的单位会发一些猪肉。金玉伊就把猪肉分成一小块儿一小块儿放在阳台上，就像放在天然大冰箱里。往后一段时间，这些猪肉就会成为冬日里的美味，父母舍不得吃，都给孩子们解馋了。

夜晚，在昏黄的灯光下，工作了一天的金玉伊常常熬到深夜，手上戴着顶针，一针一线给家人缝制棉衣棉裤。东北的冬天十分寒冷，棉衣、棉裤和棉鞋都要做两种：一种是薄棉衣、棉裤，一种是厚棉衣、棉裤；棉鞋则是"大棉鞋"和"二棉鞋"。

"妈妈别做了，快睡吧！"儿子们有时一觉醒来，看到妈妈还在灯下忙碌，忍不住喊。

"没事，快做好了，你们先睡吧！"妈妈微笑着抚摸儿子们的头，依次给他们掖好被角，又回到了灯下。

昏黄的灯光下，金玉伊的面容仿佛蒙上了一层淡淡的纱，显得越发美丽、温柔。

我逐渐成为你

崔道植有三个儿子，他们都在父亲的影响下走上从警之路，成为公安战线的优秀警察。

小儿子崔英滨童年时很顽皮，他对大自然和身边的世界充满了好奇，常在黑龙江省公安厅的大院里跑来跑去，在草丛里捉蚂蚱，去花丛里扑蝴蝶，观察树上摇晃着黑白辫子的天牛。

这天，四五岁的小英滨悄悄溜进爸爸的办公室，看到办公桌上摆放着一台显微镜。

"咦，这是什么？"他被显微镜吸引了，不由得踮起脚，伸长脖子，眼睛睁得大大的，努力地向显微镜里望去，那双脏兮兮的小手也忍不住朝着显微镜伸去。

忽然啪的一声,他感觉脑袋隐隐作痛。小英滨被这突如其来的一拍镇住了,嘴巴一咧,委屈得差点哭出来。

"这是爸爸工作用的显微镜,不是玩具,千万不能碰!"崔道植严厉地说。

小英滨仰头望着爸爸,发现这一刻爸爸是从未有过的严肃。小英滨霎时对那台神秘的显微镜充满又恨又爱的复杂情感:你不是不让我看吗?我偏要看!

那一刻,崔道植和小英滨都不知道,未来的某一天,小英滨会继承父亲的衣钵,走上和父亲一样的道路,和显微镜成为相伴终生的亲密朋友。

小英滨对爸爸的工作和办公室总是充满好奇,他想知道,爸爸整天在办公室里埋头工作,那里究竟有什么好玩的东西吸引着爸爸。所以,每当母亲让他和两个哥哥喊爸爸回家吃饭时,崔英滨总是跑得最快。他想趁喊爸爸吃饭的间隙,到爸爸的办公室玩一会儿,再去"探秘"。

这天,母亲又让小英滨去喊爸爸,这正中他的下怀。他一路上蹦蹦跳跳,很快就来到办公室,伸头一看,爸爸正在聚精会神地看着显微镜。小英滨刚想喊,又赶紧闭上了嘴巴,他想起了爸爸对他说过:爸爸在工作时是绝对不能打扰的。

小英滨想等爸爸忙完再喊他,就先自己玩一会儿,不知不觉来到了一座大楼的地下室。这个地下室与别处不同,宽敞明亮,一缕斜晖照在门口,轻轻地晃动着,门是开着的,像在邀请他进去。

小英滨心里痒痒的,非常好奇地下室里有什么。他推开门,看到里面果然有好玩的:各种各样、花花绿绿的电线和插头,让他眼花缭乱。

"这是什么?真好玩!"小英滨拔出一个插头,随手把它插到另一个插座上。接着,又拔出一个插头,插到别的插座上。他不停地给它们交换位置,那些花花绿绿的电线也在他手中像变魔术一样变来变去,别提多有趣了!"看我多厉害!我会变魔术!"小英滨越玩越开心,直到把那些插头都交换了位置才心满意足地站起身来,爬上楼梯回去了。

小英滨来到爸爸的办公室,看到爸爸还在工作,他轻轻喊了爸爸一声,让他回家吃饭,爸爸没有回答。小英滨不敢再打扰,就轻手轻脚地回家了。

"你爸爸呢？怎么没回来吃饭？"母亲问。

"爸爸还在工作，我喊他回来吃饭了。"小英滨说。

母亲无奈地摇了摇头，把桌上的菜各夹出来一些，给崔道植单独留好，然后母子几人开始吃饭。直到他们吃完了晚饭，崔道植都还没有回来。

"你爸怎么还不回来啊？"母亲念叨着，"菜都要凉了！"

三个儿子也扭头看看门外，外面没有爸爸的身影。他们不知道，此时省公安厅大院已经乱成了一团。原来，小英滨拔掉的是省公安厅的通信电缆，公安厅的通信顿时瘫痪了。通信突然中断，这还了得！公安厅厅长立刻召集各部门召开紧急会议，怀疑是否有特务在搞破坏。

那天晚上，崔道植忙坏了！他拎着工具箱在地下室进行现场勘查，在电线、插头等设备上提取了多枚指纹，然后在显微镜下进行观察、分析。很快，鉴定结果出来了，崔道植长舒一口气，向领导汇报：这不是特务搞破坏，现场的指纹是小孩的，应该是小孩出于好奇，在玩耍时把插头弄乱了。

于是，公安厅大院内的所有孩子站成一排，开始接受调查。"是谁弄乱了地下室的插头？"崔道植问。

小英滨听着爸爸严肃地发问，心怦怦地跳得厉害。他悄悄扭头看看两边的小伙伴，只见他们都茫然地东看看西看看，不明白到底发生了什么事。

如果我站出来承认，爸爸会不会狠狠打我一顿呢？小英滨这样想着，心跳得更厉害了。

"是谁干的？告诉我，我不骂你们。"崔道植一一看过这些孩子，语气温和了一些。

小英滨看着爸爸的脸，心里不由得一热，脱口而出："爸爸，是我！"小英滨硬着头皮迈出队伍，走到父亲面前。这时，所有人都长舒了一口气，悬着的心也放下了。

崔道植没有打骂小英滨，只是郑重地告诉他，进了公安厅的院子，可以追蜻蜓，可以追蝴蝶，但不许到办公楼里乱走，更不许乱碰东西。

"记住了吗？"崔道植问。"记住了！"小英滨用稚嫩的声音大声回答，和他一起回答的还有其他

我逐渐成为你　113

孩子。

很多年后,崔道植回忆起这一切,依然饱含愧疚:"这几十年来,我亏欠妻子、孩子们实在太多了。我几乎没有时间陪他们,其中两个儿子出生时,我都没陪在妻子身边。"

长大后的崔英滨回忆说:"父亲那时总是很忙,后来我计算过,一年三百六十五天,父亲有两百多天都在外面出差。"对于继承父亲衣钵的崔英滨来说,和父亲的一次深夜长谈,改变了他的人生轨迹。

一九九五年,崔英滨毕业后成了一名军人,开始了军旅生涯,他很高兴,因为参军是他儿时的梦想。他在部队取得了优异的成绩,但崔道植却想让儿子转业至公安机关,接自己的班继续做痕迹检验。

崔英滨在父亲获得"七一勋章"的"云"报告会上,回忆起了当年的事:"梦想刚刚开始,父亲就让我转行,说实在的,我打心眼儿里不愿意。那天夜里,一向低调的父亲拿出了他的一枚枚奖章,耐心地给我讲起了这些奖章背后的故事。"最后,崔道植语重心长地对崔英滨说："儿子啊，干公安吧，公安事业需要刑事技术人才，好好锤炼锤炼，你一定大有作为。"

在崔英滨的印象中，父子俩这样的谈话还是第一次。这是一个让崔英滨终生难忘的夜晚。一夜长谈，让崔英滨真正走进了父亲的精神世界，懂得了父亲的良苦用心，更知道了父亲对公安事业的无限热爱。就这样，崔英滨和父亲的事业轨迹交会在了一起，他也成了一名刑事技术警察。

崔英滨暗下决心，一定要把父亲为之付出毕生精力的事业干好。这些年来，父亲对崔英滨的影响，除了工作上的指导外，更多的是一种无形的鞭策。在崔道植的影响下，崔英滨养成了认真、细致、不怕苦、不服输的工作精神。如今，他已经在刑事技术这条路上走过了二十多个年头，获得了"全国优秀人民警察""全国公安百佳刑警""哈尔滨大工匠"等荣誉称号，还获得了公安部科技进步三等奖等。崔道植看到崔英滨的奖章和证书时特别欣慰。

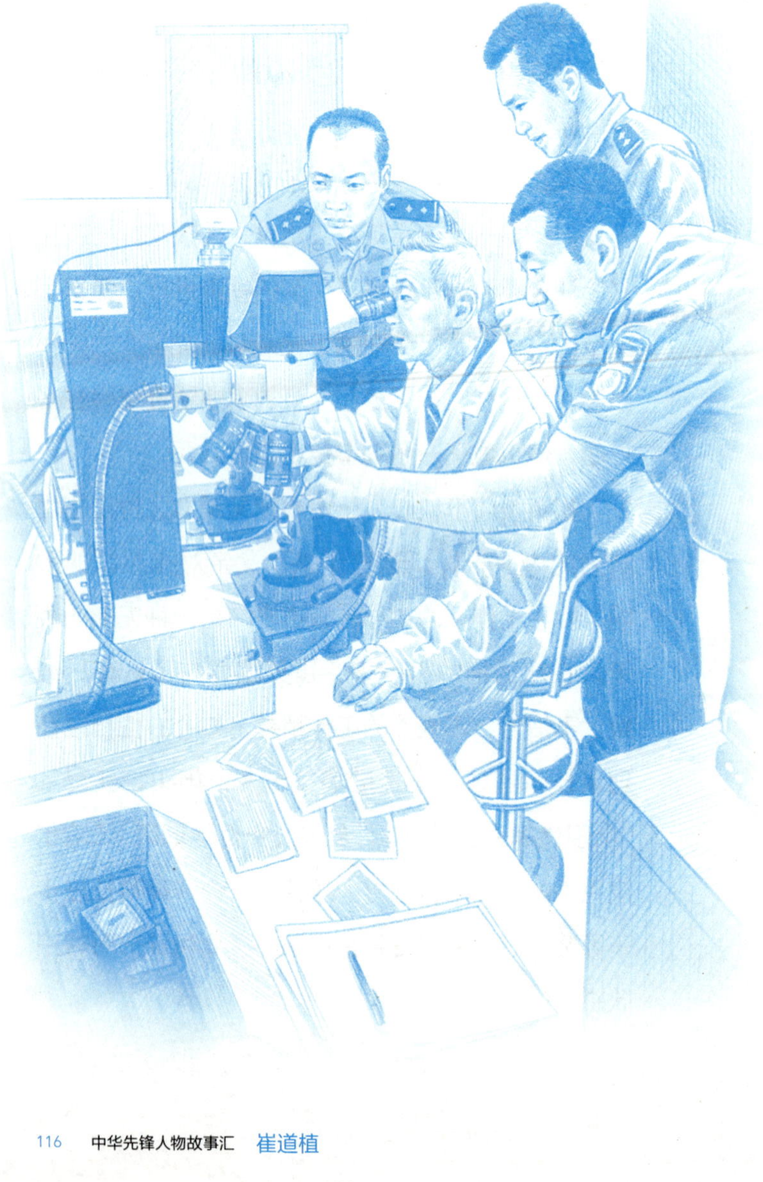

阳台上的向日葵

崔道植家的阳台上，种着一棵棵向日葵。向日葵长出阔大的绿叶，顶端结出金灿灿的葵花盘。这是金玉伊亲手种下的葵花子，她精心呵护向日葵成长。金玉伊曾笑着对小儿子崔英滨说："爸爸就像阳光，盆里的向日葵就是你们哥仨。"

在儿子们的记忆中，红烧茄子和红烧肉是让他们备感亲切的两道菜。他们都知道，这是母亲最爱吃的菜。每当母亲生父亲的气时，父亲总是默默地做这两道菜给她吃。多年来，母亲心里有很多委屈，但在嗅到这两道菜的香气时，那些劳累、委屈都随着泪水抛之脑后了。

结婚几十年来，金玉伊和崔道植总是聚少离

多。金玉伊等啊，盼啊，本以为等崔道植退休后，他们就可以安享晚年了，没想到崔道植退而不休，仍不断接受公安厅交给的任务，还经常受公安部的调派赴外地开展疑难案件的现场勘查工作。每次去外面执行任务时，金玉伊都要去火车站或飞机场送他。一次次挥手，一次次离别，不管时间长短，最终他们还会欣喜地相见、相聚。

不料，二〇一一年的一次送别，成了一次伤心的送别。那一年，金玉伊七十八岁。那天早晨金玉伊送崔道植到机场。临走前，崔道植和金玉伊挥手告别，忽然看到金玉伊眼中流出了泪水。那一刻，崔道植心中充满了不舍，也流下了眼泪。几十年来，他们夫妇经历了一次又一次离别，常年的刑侦工作让崔道植无比冷静和坚强，但这次，面对老伴的泪水，他心中也有些心酸和不舍。

目送崔道植过机场安检后，金玉伊独自回家。她走过一条又一条街，那些街道看起来都很相似；她看到上班的人们急匆匆地骑着车飞驰而过；她看到上学的孩子们一边好奇地看着她，一边向学校走去；她看到一张张陌生的面孔从她眼前闪过，心中忽然一片迷茫：她不知道自己要到哪里去。

她一直在路上徘徊，直到一位热心的出租车司机发现了她。

"老人家，您要到哪里去呢？"

"我要送人，送崔道植……"

"送走了吗？"

"不，我要接站，接崔道植……"

"老人家，您还是回家吧！"

"好啊，回家，我家在公安厅……"

出租车司机把电话打到崔道植那里时，他刚要登机。崔道植赶紧给小儿子崔英滨打电话，让他去接金玉伊，而自己带着满心的牵挂登上了飞机，案发现场还等着他去勘查。

崔英滨很快便赶到母亲身边，看到母亲满脸迷茫，眼神散乱，仿佛在寻找着什么。崔英滨心头一紧，赶紧上前拉住母亲的手，没想到母亲望着他说："你是谁啊？"崔英滨的眼泪一下就流出来了。

在一次演讲中，崔英滨讲述了父亲和母亲的爱情故事。

其实小时候，我们哥仨对父亲是有很多不解和埋怨的。那是因为父亲常年办案不在家，母亲在医院上班，还是主任专家，工作很忙，很辛苦。下班后，还要独自承担家庭重担，含辛茹苦地为我们兄弟三人洗洗涮涮、缝缝补补。

年复一年，原本能歌善舞的母亲被累弯了腰。我们哥仨心疼母亲，更埋怨父亲，是他根本不顾家，眼里只有工作，才让母亲如此辛苦劳累，浑身是病。那时在我的印象中，母亲似乎一直在等待，等待父亲少一些奔波，少一些忙碌，但她的等待，始终是一种奢望。

父亲本应在一九九四年退休，但由于工作需要，组织上又让他多干了五年。一九九九年，父亲终于办理了退休手续，本以为他可以回归家庭，弥补几十年来对母亲的亏欠，没想到，当年他就被公安部特聘为刑侦专家，比原来更忙了。

有时，母亲会偷偷流泪。我知道，那是母亲想父亲，她也是担心八十多岁的父亲在外照顾不好自己，怕他有什么闪失。这时，我们就会一边安慰母亲，一边埋怨父亲，但母亲反而要求我们理解父亲。她说，你们的父亲不容易，六岁就成了孤儿，是党培养了他，给了他一切，他知恩图报是应该的，我们更应该理解他，支持他。

二〇一五年开始，母亲的记忆力越来越差，常常忘记过去的事情，甚至有两次因为想不起家在哪里而走失。到了二〇一七年，母亲的病情加重了。那是一个周末，我去外地办案回来，第一时间就去看望她。当我用钥匙打开房门的那一刻，母亲用迷茫的眼神看着我，对我说："你找谁啊？"那一刻，愧疚、无助、五味杂陈，无数的话语涌上心头，却只能化作两行热泪。

后来，母亲被确诊为阿尔茨海默病，她已经忘记了过去的一切，唯一记得的就是父亲的名字，母亲常常会毫无意识地说："我要去省公安厅，我要搞枪弹检验，我是崔道植！"

对于母亲来说，她早已把父亲的职业、使命深深融入她自己的生命之中，尤其在母亲弥留之际，她一时清醒，一时糊涂。清醒时，她会一再叮嘱我们哥仨，要照顾好父亲，别让他熬夜，别让他太累。

母亲深爱着父亲,很少因为工作而埋怨父亲。同时,母亲也是最了解父亲的,知道在父亲的心中只有工作,因为这样才是崔道植。而我也读懂了母亲的爱情,母亲的眼里只有父亲。

其实,父亲更爱母亲。母亲得病后,他专门带着她回到拉林河——他们谈恋爱的地方,走过一处处满是他们回忆的地方,哼唱着专属于他们青春爱情的歌曲《没有门牌号的客栈》。父亲竭尽全力,希望能唤醒母亲的记忆。然而,最终还是没能如愿。那次回来,父亲明显苍老了很多。尽管母亲听不懂,他每天还是会不断地陪母亲说话,也时常望着病中的母亲黯然垂泪。

二〇二〇年一月,母亲永远离开了我们。本就少言寡语的父亲变得更加沉默,头发更加苍白,没有工作任务时,他总是静静地坐着,望着窗台上母亲种的向日葵发呆,因为母亲说过,父亲就像阳光,盆里的向日葵就是我们哥仨……

讲到这里,崔英滨的声音哽咽了,眼泪夺眶而出。

在崔道植的家里，阳台上的向日葵茁壮地生长着，迎着温暖的阳光，散发出金灿灿的光芒，就像一群孩子充满眷恋地围绕着父亲旋转，永远热烈，永远灿烂。

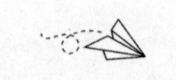

中国的刑警之魂

崔道植虽然退休多年,但他从未离开过刑侦事业。一丝不乱的银发,整洁质朴的衣着,轻快敏捷的脚步,睿智清澈的双眼,这位老党员始终保持着共产党员质朴无华的高洁品质。

"我从来没有'退休'的念头,共产党员是不退休的。"崔道植说,"就像几十年前,我在入党申请书上写下的那样,我热爱自己的工作岗位,上级给我的一切工作,我都是热爱的,因为这是人民给我的……我从没有改变过忠诚于党、为党工作的初心。我准备为党和人民付出到生命的最后一刻。"崔道植是这样说的,也是这样做的。一声召唤,立即起身,无论天寒地冻还是烈日炎炎,崔道植都会毫不犹豫地奔赴现场。

　　崔道植极其节俭，从不愿意给人添麻烦。每次赶往外地，他很少坐飞机，即使远赴两千多公里外的甘肃省白银市，他也是独自坐火车去。"飞机票贵，为国家省点钱。"崔道植如是说。

　　儿子们心疼他的身体："爸，不花国家的钱，我们给你买飞机票还不行吗？"当警察的儿子们从心底里支持父亲。

　　"虽然有时候对父亲的一些行为不理解，但我们兄弟三个都是从心里敬爱父亲的。"崔成滨说，"虽然这些年来我们家里是'爱恨交织'，但在支持父亲工作这一点上始终如一。"

　　"给他当儿子，我们连埋怨的资格都没有。"崔红滨说，"荣誉、职务这类东西，父亲根本不往心里去，他的心思全在案发现场和那些研究课题上。正是因为心无杂念，父亲才长寿。"

　　在崔道植八十七岁那年，基层公安机关遇到疑难案件难以解决，给他传来了一枚变形的指纹，请求他给这枚指纹做鉴定。这是一项很复杂、很艰难的工作，崔道植认真研究、比对有关信息，一连干了九天九夜，最终成功比对出八个可以定罪的证据特征，使这枚指纹成为定案铁证。

"物证送到我这里时，基本上是抱着最后一线希望。如果我不能攻破难题，就会有人含泪蒙冤，有人逍遥法外。只要能还原真相，我加班辛苦一点儿又算什么呢？"崔道植简单、朴实的话语，感动了每一个人。

最近几年，除了在案发现场的工作外，崔道植集中精力整理他多年来参与过的经典案例，把他毕生所学和经验做成演示文稿，供年轻警察学习和参考。"生命的规律就在那里，给我的时间有限了。我想给年轻人留一点儿东西，让他们做参考。"崔道植这样说道。

崔道植打字很慢，由于做了白内障手术，使用电脑很吃力，他总是要眯着眼睛凑近键盘，但他坚持自己认真输入每一个字。纷繁的图片模型、复杂的统计数据、详细的案例分析……经崔道植整理、加工后，顿时变成一篇篇图文并茂、内容翔实的演示文稿。仔细阅读，知识点全面，条理分明，清晰易懂。

崔道植也对当代年轻的公安干警寄予了希望：

"希望广大公安干警,都有开拓创新的思想观念。面对形形色色的案件,时刻做到'魔高一尺,道高一丈',脚踏实地立足本职岗位,以工作中遇到的疑难问题为切入口,刻苦钻研下去,定能有所发现、有所发明、有所创造。"崔道植说得太好了!

一路走来,崔道植从未忘记过初心。从那个在苞谷地里哭泣着追赶妈妈的小男孩,到手握红缨枪的儿童团团长、英姿飒爽的志愿军战士,再到一生勤勉、创造无数传奇的"中国神探",崔道植始终记得自己是一个从旧社会走出来的苦孩子,是党和国家养育、教育、培养了他,他把对党、对国家的忠诚和热爱浸润到每一件工作中,实践在自己的一言一行中。

崔道植说:"只要我的脑子还好使,能走路,国家的调派安排我一定服从;只要我的眼睛能看,腿能动,我就要为党的刑侦事业工作到最后一刻;只要国家需要,一声召唤,我将立即起身!如果有来生,我还愿意做这项工作!"

崔道植创造了我国刑侦史上的传奇,至今,他仍在勤奋工作着,继续创造"中国神探"的传奇。